ch

Haz el Amor y no la Cama

Federico Traeger

Haz el Amor y no la Cama

© ... y no la Cama
© 2013, Federico Traeger
© De esta edición:
    Santillana Ediciones Generales, S. A. de C. V., 2012
    Av. Río Mixcoac 274, Col. Acacias
    México, 03240, D.F., Teléfono 5420 7530
    www.alfaguara.com/mx

ISBN: 978-607-11-2502-6

Primera edición: febrero de 2013

Impreso en México

PRISA EDICIONES

Para Ángel y Fede

Be yourself; everyone else is already taken.

OSCAR WILDE

Cuando para mucho mi amore de felice corazon
Mundo paparazzi mi amore chicka ferdy parasol
Cuesto obrigado tanta mucho que can eat it carousel

LENNON-MCCARTNEY

Esta es la historia (o la histeria) de Martha (sí, con hache) Marmolejo: exitosa y mediática escritora motivacional. Y de mí (nadie), redactor fantasma de aquello que paga el oficio: anuncios publicitarios, identidades corporativas, letras de corridos, jaculatorias, discursos, reglamentos, ensayos, galletas de la fortuna, horóscopos, tarjetas de felicitaciones, de pésame, cartas de renovación de votos matrimoniales, contenido para sitios web, biografías, "autobiografías", manuales de uso, reportes anuales, correos electrónicos de amor y desamor, citatorios, fervorines, crucigramas, recursos de amparo, recetas de cocina, boletines técnicos, textos de advertencia, caligramas, epitafios; en fin… de todo lo que me deje el suficiente dinero para que nadie me diga cómo vivir mi vida.

Liverpool, 12/12/12

El sistema inmunológico de la curiosidad

¿Qué me interesó de Martha Marmolejo? En realidad, nada. Sin embargo, dos semanas después de haberla conocido, compré *Las Mariposas de tu Alma*, su libro más famoso. Lo leí por puro morbo. Por saber qué hace una mujer como ella con las palabras. La imaginé escribiendo poseída, a ratos bañada por el haz luminoso de la divinidad, inmersa en un coro celestial, curadora de almas, abridora de corazones, trazadora de caminos, forjadora de valores; rehabilitadora de la fe. Y así, imbuida en esa actitud sublime, visualicé a la motivadora girar su silla hacia un lado y cruzar casualmente la pierna. Ni más, ni menos. Mantuve fija la imagen, vestida con su traje sastre, tacones, medias y la pierna cruzada, hasta que fui yo el que escuchó el coro celestial. Aclaración: no es que Martha me resulte especialmente atractiva ni que me despierte la libido, es sólo que recostarme a leer, quizás por la simple postura horizontal en la que poso mi cuerpo, estimula mi circulación y mi sexo me pide sexo igual que mi perro me pide cariño: porque sí, porque quiere y porque puede.

A la mañana siguiente, saqué su tarjeta de mi billetera y le escribí un correo electrónico: "¿Todavía me piensas o ya cambiaste de fantasía?". Prefiero enterarme de una vez si las personas a quienes contacto son dignas de mi tacto retórico. Insisto, no me creo nadie que no sea, ni me sobreestimo. Soy lo que soy:

un simple ser viviente. Y quien vive no merece estarlo si no dice lo que siente ni siente lo que dice. Confío en lo que percibo. Es lo único que tengo.

Sé, y posteriormente lo comprobé, que a pesar de sus mil compromisos de persona famosa, Martha estaba esperando que le escribiera. Es más, estoy seguro que revisaba su correo electrónico con más frecuencia desde que me conoció. Buscaba mi nombre. Un hombre. Hambre de hombre que la asombre. De borde que la aborde y la desborde. Claro, eso según yo, el presumido y protagónico de yo. ¿Cómo lo supe, lo sé, lo sabría? Por su forma de entrecerrar los párpados al reír. En su abrir y cerrar de silencios. En el estira y afloja de su voz.

Por suerte y por desgracia sé esto: lo callado se entorna como puerta que esconde y revela, dejando entrever las intenciones detrás de cualquier frase aparentemente trivial. Saberlo me ha liberado. Aprendí a saber cómo se advierten los golpes antes de que el puño los propine, que la rabia los propulse, que el miedo los confunda. Aprendí a encontrar la sonrisa detrás de la mueca, el perdón tras la condena, la excepción de cada regla, el consentimiento que aflora un instante previo a la sentencia. A llenar con palabras las grietas antes de que se muevan las paredes. Crecí en una atmósfera rica en oportunidades. Digamos que la violencia, si se la sabe ver como víctima en sí misma, es una maestra generosa y desinteresada. Digamos que evité el grafiti de las cicatrices gracias al don de saber por dónde vienen las corazonadas un latido antes de que lleguen. Y digamos que, por eso, donde pongo el ojo pongo la piedra. Donde pongo el paso pongo la pierna. Donde pongo el pulso, pongo el verbo. Saberlo no es mérito; es merito: merito miedo.

Corrijo: no escribí un correo electrónico, fraseé una telaraña. Una trampa para Martha, con hache, Marmolejo. Ocho palabras; ocho, el dígito que emula el símbolo del infinito: ocho vocablos que terminan donde comienzan, hablan donde silencian, obvian donde sugieren, se hunden donde flotan, aterrizan donde despegan, se recuerdan donde se olvidan y terminan por causar una infección que paulatinamente menoscaba el sistema inmunológico de la curiosidad... y no transcurrieron ni diez minutos, cuando recibí la respuesta: "Hola, Iván. Estoy por emprender un proyecto que pienso te puede interesar. Como lo dije cuando te conocí, no creo en las casualidades. Llámame a la brevedad posible", y agregó un número telefónico diferente al de su tarjeta: una numeración personal. ¿Íntima? La brevedad posible es un territorio minado. La llamé dos días después. La llamé cuando su estrategia se cansó de girar en sí misma. La llamé cuando supe que la mosca enredada en la telaraña de mis ocho palabras estaría muerta de agotamiento y ansiedad. Cuando se me ocurrió marcar su número telefónico, lanzarme al vacío y abrir el paracaídas del cinismo.

—Hola, famosísima Martha.
—¿Iván?
—El mismo.
—¿Puedo devolverte la llamada en media hora? Estoy a punto de dar una entrevista a los medios.
—Por supuesto, llama cuando quieras.
—Okey. Necesito que hablemos. Tengo un plan que te va a interesar.

Es curioso, yo nunca tengo ningún plan, y menos uno que pueda interesarle a nadie, mucho menos a mí. Ella, en cambio, tenía uno que me interesaría. Quería asegurarse de que supiera que me había estado pensando. Que me había preanotado en la agenda de su futuro. Que paladeara el sabor de pertenecer a su atención (su tensión), ola inminente que va tomando forma, volumen y celeridad antes de romper en la arena que es la mujer inconmensurable llamada Martha, con hache, Marmolejo. Deseaba asegurarse que captara que no necesitaba nada de mí, pero que a pesar de ello, había elegido tenerme presente. Una hora después, vibró mi teléfono:

—¿Qué tal, Martha?

—¿Cómo estás, Iván?

—Contento de escucharte. ¿De qué quieres hablar?

—Necesito que me ayudes a pensar. Debo entregarle un libro a la editorial dentro de dos meses y no he escrito una sola palabra. No tengo idea de qué escribir.

—¿Cómo sabes que te puedo ayudar?

—Lo intuyo.

—¿Para quién escribes?

—Para mis lectores… para quienes me sigan.

—¿A dónde te siguen?

—A la búsqueda de la liberación…

Dejé que creciera el silencio, que se hiciera denso y pesado para hundirse en sí mismo.

—¿Iván?

—Sí, te escucho.

—¿Te interesa?

—No, Martha.

—Bueno. Qué pena… supongo que estarás ocupado con otros proyectos…

—Me cancelaron dos documentales que requerían mucha investigación, un trabajo bien pagado. Pero así es mi vida.

—¿Por qué no te interesa que te contrate?

—Leí tu libro.

—¿Cuál de todos?

—*Las Mariposas de tu Alma.*

—¿Y…?

—Lo leí de una sentada.

—¿Te gustó?

—No estoy seguro.

—Ni hablar, de todos modos… gracias.

—¿Por qué gracias?

—Por leerlo.

Existen pausas silentes durante las que se intercambian sentimientos sin que las palabras distraigan. Escuché la pregunta callada de Martha y la fui respondiendo con una sonrisa. Sé que la arropó el calor de mi gesto; de lo contrario, hubiera cortado. Le dije:

—Me intrigó más tu interés por escribir que lo que escribiste.

—Te invito a cenar, Iván. Quiero hacerte la propuesta en persona. ¿Aceptas?

Conocí a Martha en un breve intercambio de miradas. Aclaro, no fue "durante" un breve intercambio de miradas, sino "en" un breve intercambio de miradas, porque hay miradas que son lugares. El entorno: una concurrida sala de abordaje. No soy galán, ni mucho menos, pero sé poner ojos de que todo es posible en la vida y Martha necesitaba una red que la atrapara. Lo demás fue cosa del destino; por angas o mangas, una sonriente azafata me anunció que me cambiaría de asiento a primera clase y me tocó sentarme al lado de Martha Marmolejo. A pesar de su fama, yo no la conocía. Nos sonreímos. La escritora iba hojeando uno de sus libros, anotaba frases en pequeños papeles y los pegaba al borde de alguna página. La portada de uno de ellos mostraba a Martha sonriendo, cruzada de brazos, en actitud de total seguridad en sí misma. El título, *Sé 100% Tú*. La autora advirtió mi merodeo y volvió su rostro hacia mí:

—¿Crees en el destino?

Por el gusto de torcer las frases, le respondí:

—Mejor dicho, ¿el destino cree en mí?

Me miró intensamente y dijo:

—Es mutuo: cuando el destino cree en ti, tú crees en él.

Y yo le dije, por sacar a pasear un puñado de palabras perro (territoriales y cazadoras):

—Creo que la que no cree eres tú. Escribes para autoinventarte, porque sabes que en el fondo no existe más que lo que uno vaya diciendo, ¿o no?

—En cierta forma, eso también es el destino.

—Es el desatino —le contesté.

—¿A qué te dedicas?

—Al rollo. A palabrear mis quincenas. Mis alimentos. Mis vicios.

—¿Escribes?

—Polígrafo profesional. De eso vivo.

—Me llamo Martha.

—Yo soy Iván, pero casi nunca me llamo.

Le platiqué mi currículum como si se tratara de una miniserie televisiva, ella reía genuinamente entretenida y ordenó mimosas para los dos, una ronda tras otra mientras yo parloteaba. Era atractiva: una cuarentona con las carnes distribuidas generosa, prudente y elegantemente; vestida como señora de Las Lomas, rostro de diplomática prolija y cuidadosa de su misión, dueña de su imagen, promotora de su sonrisa, estudiosa de sus reacciones; mirada de quien está rodeada de lujos cómodos, vaya a donde vaya. Y yo haciéndola reír y asombrarse ante el oleaje del alcohol que empujaba mis frases. O sea, en pocas palabras, empecé a chambear, a venderme, a ofrecer mis servicios de palabreador. Y entonces vino su pregunta inevitable:

—¿No sabes quién soy, verdad?

—Supongo que el resultado de tu tenacidad —le dije tomando su libro entre mis manos, sin pedirle permiso—. Este es un caso —agregué mirando la portada del libro y luego a ella— en el que la foto y la persona mantienen el mismo grado de belleza.

—Muchas gracias, Iván. En realidad detesto esa foto. Luzco muy aseñorada.

—Más bien cautelosa, diría yo. Digna. ¿Vendiste muchos ejemplares?

—Qué divertido… otras dos mimosas —le pidió a la azafata—. ¿De verdad no sabes quién soy? No es por pesada, pero eres el primer compañero de viaje que no me reconoce.

—¿Tan famosa eres? ¿Cuántos libros vendiste?

—De este último, no muchos: seiscientos mil. El anterior vendió por lo menos el doble.

—¿Nada más? ¿Cuántos has publicado?

—Este es el veintiseisavo —me miró con un destello de incredulidad—. Salgo en la tele una vez a la semana: La Hora del Espejo, con Martha Marmolejo. Seguramente me has visto.

—No veo la televisión.

—Eres de la generación del internet. ¿Qué edad tienes, veintiséis?

—¿Como la cifra de tus libros? No. Acabo de cumplir treintaidós.

Mientras las pupilas de Martha entraban sin pudores al fondo de mi mirada, decidí seguir conversando por el simple vicio de acomodar palabras.

—Tienes, a lo mucho, unos treintaisiete, ¿es así, Martha?

—Ay, Iván… No te creo nada, pero me sabes hacer sentir como una treintañera. Tengo doce más que tú, querido. Salud.

—La edad no existe, ¿o sí? Lo que se nota es la ligereza con la que se arrastra el tiempo. Y Cronos, Martha, te carga como a una faraona egipcia.

—Soy una fiel creyente de que en esta vida el que motiva es el que gana. Y me estás ganando, Iván.

—¿Estoy motivando a la gran motivadora? ¿O te estoy dando motivos?

—Me estás comprobando que el porvenir, a veces, viene en empaques inesperados.

—¿No será *eso* lo que buscas que tus seguidores comprueben?

—Juraría que me has leído.

La azafata recogió nuestras copas vacías, nos pidió enderezar los asientos y elevar las mesitas portables.

—Mi querido Iván, es una pena que los vuelos tengan que aterrizar, ¿no crees?

—Los puertos de llegada son puntos de partida —dije, por redondear su comentario.

—Toma mi tarjeta. Me gustaría seguir conversando contigo, si estás de acuerdo.

La tarjeta de Martha tenía inscrita la frase: "Tu vida empieza en este momento".

Al salir del avión, en el carrusel del equipaje, dos hombres recogieron las maletas de la motivadora profesional en tanto yo observaba. Ella actuó, durante ese trámite, como si no me conociera. Uno de sus asistentes hablaba por su teléfono para avisar que ya iban saliendo. Caminé pocos pasos atrás de la escritora. En la sala de llegadas, una docena de admiradores la rodearon de inmediato, pidiéndole que les autografiara alguno de sus libros. Le tomaron fotos. Los dos hombres intentaban, malencarados, mantener a los fanáticos a distancia de la mujer, pero ella sonreía haciendo ademanes como si fuera una víctima de sus propios guardaespaldas; como diciendo, no entiendo por qué estos tipos no me permiten estar con ustedes. Luego de ver esa escena, me seguí de largo. Pero la voz de Martha me alcanzó:

—Espero tu llamada, Iván.

Caparazones tibios

Prefiero ser quien ve llegar. Por eso me presenté quince minutos antes de la cita. La mesa estaba reservada a su nombre. El maître me dio la bienvenida y me condujo hacia un rincón del restaurante francés. Mi chaqueta era de mezclilla como mis pantalones; mis alpargatas, rojas, y en lugar de corbata, una bufanda india. Los comensales, hombres y mujeres vestidos como si atendieran un sobrio funeral, me miraron con el rabillo del ojo (¿del odio?); pretendiendo que no desentonaba.

Antes de que entrara Martha, entró su importancia. Los siseos. Los rumores. El movimiento exagerado de los meseros, el maître con la sonrisa estirada al máximo y de pronto ella, vestida de blanco, con toques sobrios, el pelo suelto y maquillada para lucir natural. Me levanté y estreché su mano. El maître separó la silla para que la célebre motivadora acomodara su persona. Martha y yo charlamos amenamente. De cuando en cuando se acercaba algún comensal a felicitarla, a agradecerle la iluminación encontrada en sus enseñanzas. Trajeron una botella de Veuve Cliquot, cortesía de la chef. La bebimos disfrutando un intercambio de frases, cálido y fluido. Cenamos platillos exquisitos que ella ordenaba para ambos.

—Mi propuesta es que escribas mi libro.

—¿Que yo lo escriba y tú lo firmes?

—Exactamente.

El perejil de los caracoles a la borgoñona perfumaba el centro de la mesa, expandiéndose conforme íbamos ahuecando sus caparazones tibios.

—¿Y qué quieres que diga?

—Quiero hablar de la magia entre las personas.

—¿Magia?

La iluminación de las veladoras, el rumor de las conversaciones circundantes, el leve tintineo de los cubiertos contra la superficie de los platos eran un manto discreto, eufónico y elegante. De vez en cuando una risa saltaba como un pez y se volvía a hundir en el vaivén de la vida.

—El sincronismo. Las coincidencias.

—¿Existen?

—Quiero que existan.

—Más que quererlo, lo deseas.

—Por supuesto, Iván. Necesito que escribas, durante un mes, exclusivamente para mí. Ocho horas diarias. Te voy a pagar muy bien. En treinta días me entregas el manuscrito, le doy mi toque personal…

—¿Tus lugares comunes?

El mesero escanciaba las últimas gotas de vino en nuestras copas.

—Me refiero a mi estilo, malvado. Y durante el mes siguiente, me ayudas a editarlo.

—¿Y si no te gusta lo que escribo?

—Lo tiro a la basura.

—Acepto tu propuesta.

Cada palabra es una puerta: abrí "acepto" para ver qué que me encontraba dentro. Lo primero fue un depósito bastante generoso en mi cuenta bancaria. Lo segundo, treinta días para crear y formatear una metáfora motivacional. Y, lo tercero, presentarme con trescientas cuartillas en el imperio llamado Martha Marmolejo. Tumbado sobre mi cama, mientras pasaba mis dedos entre el pelaje espeso de mi perro, se me ocurrió esto: *Los Dedos del Viento*.

Uvas de plástico

Daniel Bruno (qué asco de nombre) es el director general de la empresa Marmolejo, S.A. de C.V. Y es el marido de Martha. El asco no se puede explicar, sólo percibir, y lo padecí en el momento en el que el sesentón con el pelo teñido (según él de negro, pero según el resto del mundo de rojo) entró a la sala de juntas donde me hicieron esperar más de una hora, pues Martha estaba terminando de grabar uno de sus programas. Todo era blanco en aquellas oficinas. Altísimas paredes sosteniendo gigantescos lienzos con distintas frutas cada uno: una pera, una manzana, una guayaba, una sandía. Un realismo decorativo que combinaba con las miradas tensas y nerviosas de los empleados que iban y venían arreados por el miedo. La infelicidad entraba y salía de sus sonrisas breves y fingidas. La cordialidad, de cierta manera, entonaba con la falsedad del color del cabello del dueño que extendía su mano manicurada diciéndome:

—El famoso Iván. O Iván el afortunado. Mi mujer me habló muy bien de ti, tienes suerte de haberla conocido —dejó que le estrechara la mano sin que él estrechara la mía. En ese momento entró Martha, maquilladísima y seguida de uno de los asistentes que había visto en el aeropuerto.

—Hola, Iván, te presento a mi marido, Daniel; él es mi inventor —tomó asiento al otro lado de la mesa, sin acercarse a mí pero sonriendo como si hubiera sido graciosa la mención de que fue inventada. Su esclavo, vistiendo un traje dos tallas más angosto que su realidad, se acomodó junto a ella, mirándome con desconfianza; es decir, con amabilidad.

—Hola, Martha —dije con ánimo de despedirme—. Aquí te dejo el manuscrito, llámame cuando lo hayas leído.

Pero miento. Por supuesto que miento. La importancia esparcida en la enorme sala de juntas, la gran mesa de vidrio transparente, el maquillaje excesivo en el rostro de Martha, el color fallido en el escaso pelo de Daniel Bruno, el frutero al centro de la mesa con racimos de uvas de plástico, la manera del asistente compungido de casi estallar en su propio traje; toda esa falsedad exageradamente artificial me resultaba, por alguna extraña pero rotunda razón, imposible… viví en la casa de un narcotraficante escribiendo su "autobiografía" y ni ahí sentí estas ganas de irme. Ni siquiera cuando el norteño me encargó redactar novecientas inscripciones para crear un panteón con los restos humanos encontrados en sus terrenos; inventarme nombres, fechas, ocupación y epitafio para cada muerto; ni cuando vino un obispo a santificar el cementerio y, al día siguiente, llegó un santero a liberar a las almas… Por alguna razón, estas paredes blancas me invitaban a retirarme cuanto antes. Mis manos necesitaban urgentemente tocar el pelaje de mi perro querido.

—Espera, Iván —ordenó el marido—. A Martha le gustaría escuchar tu idea antes de leerla. Y a mí también. Compártenos tu visión.

Me encontraba tan nervioso que mi única salida fue decir:

—Martha prefiere leerlo a solas. Me despi-do. Mucho gusto y llámame en cuanto me necesites, amiga.

El esclavo puso la expresión que el marido optó por esconder. La motivadora sonrió y dijo:

—Martha está de acuerdo con Iván. Leeré con interés el manuscrito y te llamaré en cuanto lo ter-mine. Gracias por venir y disculpa que te hayamos hecho esperar.

¿Me habría pasado? ¿Había exagerado la apa-rente seguridad en mí mismo? ¿Convencería Daniel Bruno a su mujer de que mi texto era malísimo? Ho-nestamente, no pensé que fueran a transcurrir más de cuatro horas para que me llamara. Pero los relojes siguieron su marcha sin una respuesta, como si no hubiera escrito nada. Me pagaron, eso sí, y me di por bien servido.

Cinco días después, mientras paseaba a mi pastor caucásico… Ojo, quien no haya visto uno, no conoce la palabra perro en su versión más grandiosa. Breve presentación: Orloff era mi amigo, compañero, confidente, pesaba ochenta y cinco kilos y fue un re-galo de Nadejda, una rusa cuyo padre —el viejo Yer-mak— trabajó de guardia en la cárcel de Krasnoká-mensk, en Siberia, y emigró a México, dedicándose a la crianza de esta raza de canes poderosos, diseñados para pastorear y proteger al ganado contra lobos y osos. Breve ambientación: pasearlo era salir a la calle con un carnaval, un circo, un milagro, las personas echaban confeti por los ojos y serpentinas por la boca cuando veían caminar a mi gigante bonachón: final de la ambientación. Pues en esas estaba cuando vibró mi teléfono celular. Era un texto de Martha: "Eres un genio. Necesito que vengas mañana para que empecemos a editarlo juntos". Cayeron gotas anchas, traslúcidas y tibias desde una nube a través de la cual se filtraban los espejos del sol, descendía una llovizna luminosa, cada gota refulgía: besuqueé a mi perro, lo abracé, corrimos empapados por el parque a toda velocidad. La nube se llevó su lluvia a otras cabezas. Sentado sobre una banca, llamé a Martha.

—Me captaste perfecto, Iván. Siento que lo escribí con los ojos cerrados.

—Pues ábrelos, porque me has dicho que le quieres hacer cambios.

—Ajustes.

Conversamos. Me dio detalles. Concertamos una cita.

Te voy viendo con la nuca, ¿crees que no?, con la espalda, con la cola peluda y pachona te vengo mirando, con cada pelo de mi piel te capto, te observo, guardián, desde las pulgas que ni te has dado cuenta de que tengo.

Actitud ovcharka

Los despachos son el peor lugar para trabajar como se debe. Noté que en su oficina, Martha era severa e impaciente: censuradora. Como si entre esas paredes cualquier asomo de vida estuviera prohibido. Tanto orden, tanto endiosamiento de lo apócrifo, tantísima pulcritud, inquietaban a cualquiera. De pronto resultaba desconcertante abordar a Martha, era como subirse a una escalera eléctrica apagada.

Al ver que morían mis mejores frases bajo el tachón inmisericorde de su lápiz, sugerí que nos reuniéramos en mi departamento.

—¿Qué tiene de malo mi oficina?

—Me desencanta —le respondí.

—Aquí se trabaja muy a gusto. Nadie nos interrumpe.

—Me interrumpo yo mismo. Me interrumpe tu manera de tachonear.

—Refraseo las cosas como yo las diría.

—Esa frase que acabas de reescribir, por ejemplo, es mucho más fuerte como estaba.

—Es mi libro, Iván.

—Es mi trabajo, Martha.

—Mi nombre en la portada, no el tuyo.

—Será que desde que te leí te deseé mejores frases.

—Yo no escribo frases: hablo a través del papel: motivo a mis lectores.

—No se escribe como se habla.

—Mira, Iván, esto no es literatura. Es compañía para los solitarios.

—Una buena frase acompaña mejor, ¿no crees?

—Conozco mi negocio.

—Como quieras. Pero insisto, no me agrada estar aquí. Me sentiría más a gusto y más agudo en mi depa.

—¿Cómo crees?, ir a tu departamento…

—Le tienes miedo ¿a qué…?, ¿a tu esposo, a ti?

—Me sé cuidar. Simplemente, no me parece apropiado.

—No me atraes, Martha; no va por ahí la cosa.

—¿Entonces?

—Lo que me ocurre es que extraño a mi perro.

Pasa tus manos sobre mi pelaje; me tumbo panza arriba… tienta mi vientre grande, tibio, siempre jadeante, mira mi hocico entreabierto, mi lengua que te esparce amor desinteresado, sin confusiones ni agendas ajenas a esta forma en la que soy para ti, lamo tu mano, la baño con saliva benéfica, medicinal, entre tus dedos, sobre tu dorso, en la palma, tu muñeca, el antebrazo. Muevo mi pata trasera mientras me rascas cerca del estómago, sonrío, sabes que sé que sabemos que lo único que quiero es protegerte, darte seguridad, quitarte problemas o miedos, para eso están mis colmillos, mi quijada potente, mi musculatura, mis patas poderosas, mi ladrido hondo y mi gruñir expansivo, cuando ladro y gruño, hasta los árboles se alejan: pinto un círculo a tu alrededor y ahí nadie se mete si siento que te quiere hacer daño. Eres mi territorio, Iván. Mi morada. La razón de ser de mi estirpe ovcharka. Tú dime cómo, cuándo y dónde, y ahí estoy, aquí, ahora… siempre contento de olerte y oírte, entre las letras de mi nombre, siempre tu aliado que lo único que quiere es quererte sin esperar nada a cambio, quererte hasta la vida y cuidarte hasta la muerte.

Y bueno, creo que la convenció mi cara de: me da igual si reescribes el libro completamente mientras miro cómo se pudren los plátanos de plástico sobre tu mesa de trabajo. Orloff y Martha se cayeron bien. Mi compañerote se echó a su lado. Buena señal. Fuimos juntos a pasearlo. Regresamos a mi depa y adelantamos bastante. Y así pasaban los días. Ella leía el manuscrito, sugería cambios, los discutíamos, llegábamos a un consenso y yo los anotaba en mi computadora portátil. Fluía el trabajo en mancuerna. Aquí no era la dueña ni la jefa. Sin embargo, a veces venía hecha una diva mandona, exigente, imposible, famosa. Releía el libro y lo despedazaba, hacía cambios, lo volvía a leer y lo mismo. Entonces yo me ponía cínico, inseguro, irreverente y ella cambiaba de parecer. O no, se aferraba aún más. Y luego decidía, aligerando el aire y el espacio, que omitiéramos las correcciones, pero, después, que siempre sí las hiciéramos y el espacio se cargaba de nuevo. Más allá de la cordura literaria, corregir juntos el libro era un juego de tensión. Se desesperaba. Cuestionaba cada palabra. Tan aburrida escritora y tan voraz crítica. Me pagaba, eso sí. Todo tiene su precio. Hasta yo. Otras veces llegaba de buen humor, con el criterio abierto, juguetona, y aceptaba mis párrafos sin podarles el alma y entonces me parecía buena escritora.

En un principio, salíamos por algo rápido de comer, después, ya con más confianza, pedíamos comida a domicilio: evolucionamos de los jugos naturales a las botellas de vino, de las ensaladas a las pizzas, las tortas, los quesos franceses. Trabajábamos editando el libro un par de horas, en realidad no había nada qué hacerle al texto, y el resto se nos iba en hablar de comida, cine, pintura, de su niñez, de la mía. Por un lado nos acercaba el magnetismo de las palabras y por el otro erigíamos una barda de conversación entre los dos; pero en una pausa, de esas que tiran cualquier muro, la conversación se vino abajo. Calladamente supimos que el silencio tomó la palabra y no hubo nada más qué decir.

Hacer, fue lo único que hubo. Y lo hicimos. Con y sin timidez, con y sin apremio, nos acomodamos en la deliciosa sensación de estrenar un error (gravísimo error), fuimos delicadamente recogiendo lo que correspondía, poco a poco nos apropiamos del tiempo, realizamos un intercambio de azoramientos; de maneras exquisitas, explícitas, sugestivas, contundentes, le dimos rienda suelta a la exuberancia, estuvimos a la altura de las bajezas, supimos exigirle a los extravíos, extraviarnos en las complacencias y meternos, palmo a palmo, al otro lado de la piel; rompimos las reglas, las normas y las convenciones en cada rincón de la cordura… estuvo el mundo a una bocanada de no cabernos en las venas.

Ven, acaríciame. Ráscame. Aquí y ahora soy tuyo. En el vaivén exuberante de mi cola. En este mundo soy tuyo, tú y yo. Estoy contigo para que seas más tú. Para que eso que flota en tus ojos sea libre y salga a pasear sin el peso de las palabras. Me miras así, con la luz de la tarde, calculando la distancia entre un instante y el otro pero sin salirte del momento redondo y para eso estoy, Iván. Código ovcharka. Compromiso ovcharka. Actitud ovcharka. Estoy, Iván. Para melancolía. Para esperanza. Para lucidez. Para llanto. Para abrazo. Para acordarte que somos lo que sentimos. Para que el reloj no recaude, menosprecie, ni invada tu tiempo.

Desnuda y alborotada

Las sesiones de trabajo entre Martha y yo se convirtieron en nirvanas y en infiernos. Se esfumó la calma. Se disipó la paciencia. Los besos sólo eran de ida. Los orgasmos crecían cada vez más y más hondo. Los reclamos, la impaciencia, las reconciliaciones… melodrama en esteroides:

—Me dejaste…

—…desnuda y alborotada.

—¿Por qué?

—No hay peor cárcel que estar atrapado en un cheque. Por eso.

—Te lo tomas todo muy personal, Iván. Son cambios mínimos, caray.

—Trato de darle color al texto, que por lo menos se sienta fresco y tú lo panfletizas, lo conviertes en…

—¿Y por eso me dejaste con las ganas?

—Lo menos sexy del mundo es redactar lugares comunes.

—Estuve a punto de no regresar y terminar yo sola el proyecto.

—Te lo entregué terminado, te gustó, y no has hecho más que cambiarlo dependiendo de tu estado hormonal.

—Uy, estamos atacando en serio… Qué vulnerable eres. ¿De verdad es tan importante una frasecita? Pensé que eras más libre.

—No es una frasecita. Es una actitud.

—¿Y dónde están tus grandes novelas como para que me des una lección?

—No he escrito nada para mí.

—¿Entonces? ¿Me vas a leer uno de tus discursos de votos matrimoniales? O uno de tus manuales; a ver, el de uso para geles recreativos, o el de hornos crematorios ecológicos. Seguramente están escritos con párrafos brillantes. ¿O qué tal una frase de galleta de la fortuna? ¿Con qué ejemplo me comprobarás que pienso y escribo con las hormonas?

—Prefiero no responder. Eres millonaria en ventas de libros. Tú dirás.

—Es mi libro y si quiero lo cambio todo, es más, el título me parece débil.

—Pues cámbialo. Ya terminé. Que se venda mucho. Que te lean como si fuera de vida o muerte.

—Hazme el amor, tonto. Desquita tu rabia inédita con mi cuerpo… ¡Iván!

Sin problemas en el hocico

—Hemos hecho sesiones de grupo con el perfil de tus lectores y no les dice nada el título *Los Dedos del Viento* —aventuró Daniel Bruno cuando nos vio llegar a las oficinas. Veníamos riendo como quienes saben transformarse en río. El enorme Orloff advirtió la capacidad de Bruno de convertir el aire en cemento y empezó a gruñir. Los rostros de los empleados se tiñeron de espanto. Hubo un silencio largo. Daniel intentó (como con el color de su cabello) aparentar naturalidad.

—Aquí no se admiten mascotas —advirtió Bruno.

—Es mi asistente personal —respondí.

A los asalariados se les descalabró la mirada.

—Imposible, Daniel —intervino Martha—, el título va muy de la mano de las cosas que creo y predico. Va un paso más allá, le da un toque poético a mi mensaje. Acuérdate lo que dijeron de *Las Mariposas de tu Alma*, lo hicieron pedazos en las sesiones de grupo, la editorial no quería publicarlo y nos la jugamos. Fue, y sigue siendo, el libro más vendido del país. ¿Qué opinas, Iván?

—Que a veces es mejor no decir nada —contesté, acariciando a Orloff.

—Yo respondo por la imagen de Martha —comentó Daniel—. ¿Qué plan tiene Martha Marmolejo si el libro es un fracaso?

Ella contestó:

—Martha sabe en su corazón que el fracaso existe para quienes lo invocan. *Los Dedos del Viento* es la caricia espiritual que necesitan mis lectores.

—La bofetada para que despierten —agregué por el vicio de enunciar (denunciar).

El marido guardó silencio en la impasibilidad de su mirada (y en la imposibilidad de la mía). Miró inexpresivamente a su mujer y sentenció:

—Tenemos cena con los Pagliacci, voy a casa a arreglarme. Sugiero que Martha venga conmigo para llegar puntuales.

Las confusiones empiezan donde terminan las palabras. Emprender una relación no verbal con Martha fue fácil. Y difícil. Agradable. Divertido. Suculento. Y angustiante. Un atascón mutuo. Con sus consabidos agarrones, claro está. Pasó de medio guapa a irresistible. Obviamente, las libertades que me iba dando ante su apoderado (su dueño, su inventor) y su séquito hablaban de una afinidad fluida, una complicidad que hasta el más distraído hubiera adivinado hecha de hechos más que de proyectos. Orloff entraba conmigo a cualquier reunión de trabajo; hasta salió en uno de los programas televisivos, echado en un sofá junto a Martha Marmolejo. Recibía un sueldo muy generoso por deleitarme con los sabores de las palabras, por ponerlas ágilmente donde deben y donde no, por mi adicción a transgredir con el verbo. Martha me incluía en sus decisiones, pedía mi opinión acerca de sus programas, reescribíamos los guiones. Los hacíamos más atrevidos. La guionista de

Martha detestaba mis ideas pero no se atrevía a reclamar ni a disputar palabra alguna.

A Daniel no le agradaba mi presencia, ni a Martha mi ausencia. La gente empezó a vernos en restaurantes y bares. Algún paparazzo nos tomó una foto en la que salíamos caminando en un parque mi perro, la escritora y yo, compartiendo un helado. Los tabloides comenzaron a publicar rumores, fotos: "No les hagas caso, eso te pasa por meterte con una mujer famosa", me decía Martha. Pero lo más representativo de lo que estábamos estrenando fue que un día antes de que se publicara el libro nos tocó, a Orloff y a mí, presenciar un desplante, una pedrada invisible, una cuarteadura en la relación entre Martha y Daniel. El esposo quiso poner en claro, delante de ella, de los empleados y de mí, que él estaba a cargo de las decisiones. Y si mal no recuerdo, lo fraseó así:

—Aquí el que tiene la última palabra soy yo. ¿Estamos?

Martha, sin razón ni coherencia pero con un acierto contundente, respondió:

—Yo sólo sé que desde que Iván está con nosotros, mi nombre tiene más de seis letras.

A los empleados los empujó el temor; sin hacer ruido… despacio, se internaron en sus cubículos. Daniel Bruno nos miró intensamente y advirtió:

—A mí no me gustan los juegos.

La enormidad de las paredes albas y los cuadros tan ajenos a la fruta magnificaban la frase del director general.

—Yo prefiero los libros —contesté.

Martha sofocó la risa. El rostro de Daniel enrojeció. Tomó aire y dijo:

—Les deseo que el proyecto sea un éxito. No quisiera darme cuenta de que en realidad fue un juego. Con permiso —se retiró con su pulcra y breve cabellera... ¿escarlata?

Huelo. Al tú que camina aquí, lo huelo. Al que no eres, también lo huelo. El vuelo de una tórtola huelo. La suela del zapato del niño con el chicle pegado huelo, el aliento del globero huelo, las cosas que dicen, maldicen y contradicen los orines de los perros huelo, el miedo de quienes me ven pasar de cerca huelo, la menstruación de la colegiala huelo, el cigarrillo que va a encender el anciano huelo, la carriola del bebé huelo, la fotosíntesis de los arbustos huelo y no me preocupan las partículas de todo lo que huelo, camino sin problemas en el hocico, meneo mi rabo, tu manera de ir mirando el mundo huelo.

Detector de mierda

Hay nalgas que acompasan, bajo las telas que las ocultan, los siguientes vaivenes: la elegancia, la prudencia, la intriga, la decencia, el comedimiento; pero cuando uno tiene la fortuna, la malicia y la forma de meter la mano tras el telón y recorrer la palma por los glúteos, pasear las yemas por las ingles y palpar la humedad, se pierde todo lo ganado y se gana todo lo perdido.

Minúsculas ambulancias llenan el aire con sus sirenas. El accidente es grave: todos y cada uno de mis poros han sido atropellados por la estúpida obsesión de hacerte gemir, gritar, suplicarme, sentirme en control de ti, mi cougar de lujo, toda una empresaria mayor que yo, diva de moda, señorona de alcurnia, heroína célebre a la que le reviento el reloj con las ganas de olerme, oírme, lamerme, poseerme. Volverte loca es la sangre que corre en las páginas que escribo para que las taches, las borres, las celebres, las firmes. Martha Marmolejo montada en mí, abierta, afanosa, exigente; propia a más no poder y de pronto fiera, vulgar e insaciable. Estoy a tus órdenes, a tus caprichos, a la perversión de cada uno de tus nichos.

Juro que me pagas para arrancarte las medias, recorrer tu espalda con mis labios, para que tus puños se cierren en las sábanas, para entornar tus córneas en plenilunio, para innovar el rango de tus cuerdas vocales, para que tu vientre hecho luz se expanda hasta lo impensable, para que tus calzones se pierdan entre mi tiradero, para perder tus principios y encontrar tus finales, para morderme el hombro, para elevar tus talones, para inundarte de mí, para que tu mirada le comunique al espejo que estás viva, para que te acomodes en la mujer que nunca habías sido, en la piel que nunca habías sentido, en la ansiedad que jamás habías paladeado. ¿Cuándo iba a imaginarme que una señora, bastante mayor que yo, tan distinta a las mujeres que entran y salen de mi cama, se iba a convertir en una droga intensa, irremediable?

Tu polígrafo profesional: el escritor de tus mejores páginas y al mismo tiempo el detector de la mierda en la que te mueves. Sí, Martha, en palabras de Ernest Hemingway: "El don más esencial para un buen escritor es tener un detector de mierda incorporado, a prueba de golpes. Ese es el radar de un escritor. Y todos los grandes escritores lo han tenido". ¿Lo tendré yo, Martha? ¿Será por eso que las paredes blancas de tu imperio, los enormes cuadros de frutas, los fruteros falsos y el tinte en el cabello de Daniel Bruno me inquietan, me preocupan, me alarman? ¿Será el afán imparable de mi detector lo que me hace averiguarte la carne, la sonrisa, hacerme el interesante para mantenerte interesada, para tapar mis carencias de mundo, mi falta de clase y compensar con mis actos y actitudes inesperados mi irreverencia, mi poquedad y mi supuesto valemadrismo? Conquistarte con sexo me intoxica, me aclara y me confunde, me llena las noches de tinta y escribo para que te ames, para que te amen… ¿para que me ames?

¿Dónde están mis mejores frases? ¿En un manual de uso, en una galleta de la fortuna? Me dolió,

Martha. Me clavaste mi detector de mierda en lo más hondo. Soy una farsa. Soy puro rollo. Un palabreador que vende frases, la mayoría, opacas, en el mejor de los casos, informativas; no tengo respaldo ni pruebas que me acrediten como escritor porque el crédito nunca ha sido mío. Soy lo que digo y no lo que hago.

Tus muslos ceden para que entre a enterarme de que estoy vivo. Que si estás de buen humor y de mal amor, se debe a mí, y eso, en el fondo, significa que lo único importante de este asunto es que desgraciadamente me importa.

Lo teníamos clarísimo

—Por supuesto que no, Daniel. ¿Estás loco? Además, me pareció una enorme falta de respeto que me amenazaras enfrente de todos. No se te ocurra volvérmelo a hacer.

—Te comportas como una colegiala. Te atonta su presencia.

—La próxima vez que tengas celos, me lo dices en privado… le estás dando demasiada importancia. Es un escritor fantasma, punto.

—Con el que te pierdes todo el santo día. No creas que no me doy cuenta.

—Quedamos de acuerdo en que es talentoso. Necesitamos esa frescura, Daniel. No la tengo. Iván captó perfectamente lo que quiero decir. Tú mejor que nadie sabes lo que vale su talento. Nuestro plan es exprimirlo y… luego, *next*.

—Pero te estoy perdiendo la confianza, Matis.

—Te asusta su inteligencia. No te confundas. Iván es un sirviente más. Y su trabajo nos está renovando. Digamos que estoy agarrando mi segundo aire de escritora, entiéndelo. ¿Qué te pasa?, lo teníamos clarísimo; exprimirlo y *next!*

—Te juro que no me gustan los juegos…

—A mí tampoco… prefiero los libros.

—…

—Ríete, Daniel, todo esto es un chiste. Y hay que admitir que el tipo tiene su sentido del humor, aunque lo odies. Es más, piensa que Iván es como si hubieras comprado… un Ferrari. No te enojaría que tu carro nuevo llamara la atención, ¿o sí? Pues es lo mismo. Compraste a un rollero de primera; hay que admitirlo, el tipo es un Ferrari.

—Creo que van a venirnos muy bien estas dos semanas de descanso. Igual y ya no lo necesitaremos.

—¿Qué descanso, de qué hablas?

—Se va dos semanas. ¿No te lo dijo?

—¿Qué? ¿Cuándo se va?

—Se fue hoy.

Mirada de buena noticia

Vampiros. Existen y chupan la sangre, pero no son bestias mitológicas ni quirópteros citadinos. Son comentarios que vuelan en las conversaciones indeseadas. Su cueva profunda y húmeda es el dominio, el control. Tras el lanzamiento de *Los Dedos del Viento*, que, en cuanto se surtía en las librerías se vendía tan rápido que se agotaba, Martha venía muy anhelosa a visitarme al despuntar el sol, vestida con ropa deportiva; se posaba en mi cama y, agazapada en mí, le encontraba infinidad de respuestas a la gimnástica pregunta de su carne.

—Sin ti ya no soy Martha, Iván.

A este tipo de comentarios me refiero como vampiros. Muerden y succionan la energía. Son palabras desprovistas de alivio. No ofrecen remedio. Quitan en lugar de proveer. Al principio eran pocas, pero paulatinamente se multiplicaron. Por eso, antes de quedarme exangüe me fui de viaje. Avisé en las oficinas que me tomaba dos semanas y estaría incomunicado. Lo hice obviamente sabiendo que Daniel aprovecharía para deshacerse de mí. Ahora que las ventas iban tan bien, no me necesitaban. Francamente, hice mi trabajo y misión cumplida. Mejor así, antes de embarrarme todo. Al director general lo agredían los rumores publicados, pero no más que la sonrisa nueva de su mujer. Haciendo cálculos, lo único que lograría el empresario sería abrir el apetito extramarital de su esposa. Ella defendería mi puesto. ¿Quizá se manifestaría una crisis matrimonial? A cada quién lo suyo. Gracias a mi sueldo tenía dinero de sobra para comprar un par de boletos de avión, ida y vuelta, e irme con Orloff al rancho de Andrea Leminske, en Montana, a disfrutar la generosidad erótica de mi amiga y la mariguana que ilegalmente siembran y cosechan su madre y sus hermanas. Pero, sobre todo, darle a mi querido Orloff la ocupación para la que nació: arrear el ganado, ahuyentar a los lobos. Además, pensé, en el peor de los casos, si a mi regreso ya no hay chamba, siempre hay una frase que abre las puertas. De eso vivo.

Dejar el teléfono y la computadora en mi departamento fue tan grandioso como mirar las infinitas praderas rodeadas de montañas de Russell Country, en el rancho de las legendarias Leminske. Fueron días y noches de enjuagarme la mirada en los ojos de Andrea, de lavarme las palmas en su piel, de quitar de mis labios las palabras y untármelos con el sabor de mi amiga. De hundir mi lengua en su abrevadero deliciosamente familiar, pero excitantemente nuevo.

—¿Por qué no te quedas? Aquí puedes escribir para ti mismo.

Andrea es. Como el viento, como el agua que fluye. Es alta, rubia, ojos azules, piel apiñonada, labios carnosos, pómulos prominentes, delgada pero con la cadera ancha y las nalgas espléndidas, piernas musculosas y largas, pechos pequeños, como en eterna adolescencia, y mirada de buena noticia. A pesar de su belleza, ningún hombre ha sabido quedarse con ella. Quizás porque nadie sabe amar un río y al mismo tiempo dejarlo fluir.

La conocí hace algunos años, cuando me encargaron escribir un artículo sobre el cultivo de cannabis con fines medicinales. Un amigo fotógrafo, por azares del rock, había vivido ahí y nos puso en contacto. Las tres Leminske: Mutti, Anja y Andrea, son las diosas teutonas que habitan ese rancho. Anja, a golpe de vista, se parece a Andrea, es dos años menor, pero lo que en su hermana es gracia, en ella es tosquedad. La mirada de Anja se divide en dos: uno de sus ojos es pregunta y el otro, respuesta; con uno se preocupa y con el otro se tranquiliza, con uno se divierte y con el otro se regaña. Habla poco y canta mucho, sobre todo cuando trabaja. Y Mutti: a primer vistazo podría ser hombre, pero viéndola bien, a pesar de su pelo corto, sus facciones severas, las líneas marcadas de su rostro, sus manos fuertes y callosas y los amplios overoles de mezclilla con los que se cubre, tiene cuerpo de joven atlética; la observé más de una vez asolearse desnuda; me parece que el caballerango moreno y taciturno es quien se encarga, además de mantener las caballerizas y a los caballos en óptimo estado, de que el sol siempre salga para Mutti.

El rancho en realidad es un galpón. Por dentro, hay un espacio amplio con una gran mesa de madera rústica, muebles hechos con troncos: sofás, sillones y mesas adicionales, largos estantes atiborrados de libros, una enorme escultura en bronce de John Lennon tocando su guitarra, una cocina alumbrada por un tragaluz y un baño común con regadera sin cortina, suelo empinado para que escurra el agua, excusado, bidet, lavabo y botiquín; y al fondo, tres habitaciones espaciosas, separadas por paredes que no llegan al techo. Lo que ocurre en una habitación, se escucha claramente en las otras dos… entre las tres alemanas todo se acepta como natural, tanto el sonido de la lluvia como el sonido del amor. Por fuera, el galpón es color madera y al lado hay una construcción larga y amplia, donde se cultiva y se cosecha la hierba medicinal.

Fueron largos días en los que cabalgué el paisaje hasta el río Missouri, advertí en el viento a qué huelen las manadas de bisontes, amanecí al clarear, ayudé en los menesteres relacionados a guardar unos segundos el humo de los tricomas en los pulmones para ver si han llegado al punto óptimo de maduración. De cosechar cannabis. De oír a Mutti decirme con su acento alemán:

—Uno de los primeros síntomas de maduración de la planta de marihuana es el amarronamiento de los pistilos; a partir de que más de la mitad se han vuelto marrones, empieza a estar en su momento ideal de recogida, que se alarga hasta que todos los pistilos se han vuelto completamente marrones. ¿Los ves, Iván? En el primer caso la hierba será más bien psicoactiva y en el segundo, más bien narcótica —la experta sonreía bondadosamente, con la convicción de quien habla para rehabilitar a la humanidad, y pasaba su mano por las plantas como si acariciara a los niños del futuro.

El dedo de Andrea extendido hacia los árboles huelo, tu semen en ella huelo, la tierra húmeda huelo, las flores lejanas huelo, el peligro concentrado huelo, las patas con las que trota, los colmillos rápidos huelo, las piedras tras las que se guarece huelo.

Una tarde azul, mientras Andrea e Iván paseaban a caballo, Orloff se detuvo. Levantó las orejas. Ladeó la cabeza. Dirigió su mirada hacia la llanura. Elevó una pata. Las fibras sensitivas de los filamentos olfatorios en su bulbosa y húmeda nariz transmitían una información inequívoca. Sintió que podía lograr lo que su adrenalina le dictaba. En su rostro se dibujó una resolución inquebrantable. Un sentimiento de lealtad hacia Iván lo inundó. Y además, y sobre todo, cada kilo de su musculatura, cada centímetro de esmalte y marfil en sus encías, cada poro de su piel estaba presente en esa pradera para llevar a cabo su misión de ovcharka. De pronto, como un cañonazo, Orloff lanzó su fiera y determinada enormidad hacia adelante, corriendo como nunca lo había visto correr Iván.

Yo mato, lo que no sea nuestro acuerdo, mato, lo que invada mato, la adversidad mato, los siglos de traspasar mi territorio mato, lo que atente contra el viento dulce dentelleo y destripo, la arrogancia merodeante rompo, el robo de lo ajeno quiebro, la mirada opuesta debilito, apago y aniquilo.

Orloff corría ágil. Heráldico. Ligero. Guerrero. A lo lejos, un coyote destazaba una oveja recién muerta; el perro iba decidido, a velocidad de lanza, ganando terreno, sin dudarlo, convertido en ataque; galopando a zancadas; el coyote advirtió al gigante, echó las orejas hacia atrás, metió el rabo entre las patas, arrancó un tasajo de carne y corrió en zig zag. La persecución se hacía cada segundo más veloz; lo que al principio le pareció imposible a Iván, estaba sucediendo: Orloff le daba alcance al intruso. A escasos metros de distancia, y como último recurso, el animal perseguido giró, tirando dentelladas, y ambos rodaron en un estruendo de polvo, hierba, gruñidos y ladridos aflautados. Se oyó el crujir de huesos entre las quijadas del ovcharka. Orloff sometió al coyote, lo sacudió una y otra vez hasta que dejó de moverse, de respirar y su temperatura y la del suelo fueron una sola; entonces lo cargó entre sus fauces como un trapo y, trotando hacia su amo, lo puso ante el caballo, mirándolo con ojos bonachones y la lengua jadeante.

En los ojos de Orloff y en los míos, destelló la nítida certeza de un pacto… que se honraría meses después.

Fue difícil despedirme de Andrea porque lo hice sin hablar. Me insistió, desde el azul intenso de sus ojos, que me quedara a vivir con ella. En ese momento hubiera querido ser un hombre de los que saben encontrar su casa cuando el cuerpo y el alma les dicen que ya llegaron. Pero mi casa no es de ladrillos ni está hecha de madera sobre un suelo sólido con tierra para sembrar. Mi casa, por fortuna o por desgracia, es una volátil y pequeña tienda de campaña hecha sólo de palabras.

A donde Iván sabe llevarme

Matar dos pájaros de un tiro. Mi intuición no me falla nunca. Mi escritor es talentoso. No es guapo pero es bello, atractivo, sensual y exquisito. Mis asistentes y amistades elogian mi cutis radiante, el brillo de mis ojos; todo lo que digo causa gracia; quienes me leen advierten un cambio, una mejoría, esa frescura por la que tantos le venderían el alma al diablo. Sí, he matado dos pájaros de un tiro: rejuvenecí mi prosa y también mi piel. Mi voz suena distinta gracias a la risa constante que me causa el sentido del humor de este hombre joven y loco, sabio e inseguro. Mi voz suena distinta gracias a sus manos y sus labios, su lengua, su cuerpo, su sexo.

No me gusta comparar, pero no paro de hacerlo: lo que para Daniel es un esfuerzo, para Iván es una broma; lo que para mi marido es una cama, para mi amante es una playa.

Daniel no es tonto, pero yo tampoco lo soy. Debo ser cuidadosa de no elogiar demasiado a Iván, de que no se me noten los placeres en la sonrisa. Debo, por sobre todas las cosas, darle su lugar a mi esposo aunque a veces me cueste; escuchar sus opiniones, seguir con nuestro plan. Eso es lo principal, que el plan se lleve a cabo. Pero, por otro lado, merezco disfrutar mi hallazgo, tomar lo que me ofrece la vida. Quererme más a mí misma. Aquí el chiste es balancear las cosas de tal modo que las sospechas se mantengan al margen, que verdaderamente parezca que mi redactor fantasma está fuera del escenario, tras bambalinas. Jugar el juego. Y no exigirle al destino lo que no está escrito para mí.

Me encanta la soledad de mi baño. Aquí es donde mis pensamientos llegan más claros. Me emociona, cosa que hace muchos años no me ocurría, verme desnuda en el espejo… seré la mujer más crítica del mundo, pero la verdad, aquí entre nos, no estoy tan mal… no soy perfecta, aunque me juzgo con severidad, ni joven, la fuerza de gravedad, los buenos vinos y maravillosos platillos ya se hacen evidentes, pero lo que tengo sigue siendo deseado, codiciado y, por lo visto, muy celebrado… Lo único que nomás no puede hacer este cuerpo cuarentón, decadente y defectuoso, es negársele a Iván… él me hace sentir la mujer más hermosa del mundo, me convence el entusiasmo de vida o muerte con el que me besa, la emoción genuina con la que me penetra… el gruñido hondo y violento con el que se viene… y me gusta que se quede en mí, sin salir, convirtiendo sus labios en mariposas tenues que cubren mis pechos y mi cuello… Una tarde con él me embellece más que tres semanas en el spa en Barcelona.

He pintado las uñas de mis pies color negro, una petición que enciende a mi joven escritor. Mi marido dice que estoy loca; detesta ese color, las prefiere rojas; dice que mis pies parecen de muerta. Yo, lo único que necesito saber es que a Iván le atraen mis uñas sombrías, cuidadosamente barnizadas; cuántas veces me lo ha agradecido de la forma tan dadivosa que lo caracteriza; dice que le gusta la blancura de mis pies, la figura de mis talones, mis tobillos y cada uno de mis diez dedos manicurados, también dice que mi rostro de señora popis, mi desnudez de cortesana lujuriosa y mis uñas góticas son una mezcla que lo enloquece... qué bobo, qué bello es... me enloquece a mí saberlo.

Llevaba muchos, pero muchos años convencida de que el sexo es un deber, ¡qué va!, mi querido escritor me ha comprobado que el sexo es un derecho, un privilegio... Otra vez estoy comparando. No puedo evitarlo. En fin, es hora de apagar los pensamientos y encender las fantasías... Me gusta entrar a la espuma abundante de la tina, cerrar los párpados y llevar mis dedos a donde Iván sabe llevarme.

Concierto a dos vicios

Aquí estamos. Huelo. Estoy. Contigo. Estamos entre tantos. Cuántos y cuántos. Contigo, conmigo. Tú y yo. Entre otros y otros y otros. Nosotros. Tú, yo. Estoy acá, y tú acá. Perfecto los dos. Uno y dos. Unidos. Estamos así, pero aquí. Esto, lo que somos en cada paso. Ahí. Huelo. Sí… ¡ahí!

A mi llegada a la terminal del aeropuerto internacional Benito Juárez, saqué a Orloff de su enorme jaula portátil, con bozal, como lo exigen las autoridades portuarias, entre el asombro general de los viajeros ante tan enorme trotamundos lo noté inquieto; de pronto empezó a mover la cola. Sí… ¡ahí! ¿Contento de regresar? Tiraba de la correa. Sí… ¡ahí! Me costaba trabajo detenerlo. ¿Algún otro perro viajero? Sí… ¡ahí! Dirigió su corpulencia, jalándome hacia a una mujer con peluca roja, falda de colegiala a cuadritos extremadamente corta, medias negras hasta las rodillas y gafas oscuras. Sí… ¡ahí! Al acercarnos, la famosa voz de Martha Marmolejo, moviendo sus labios pintados de negro, dijo:

—Bienvenido, amor. Me puedo morir sin ti, ¿lo sabías?

Sentí un gran vacío estomacal, atenuado por la curiosidad que me causaba ese disfraz tan provocativo. Debo insistir en que la mujer, a sus cuarentaitantos, hablaba con fluidez el lenguaje de la sensualidad. Entramos a una limosina rentada por ella y nos dirigimos a mi departamento. Hablé cotidianidades de viaje con la intención de llenar el silencio y disipar el misterio de su mirada escondida tras la oscuridad de sus anteojos. Caminamos un par de vueltas a la manzana para que mi perro vaciara su enorme vejiga, marcara su territorio y olisqueara, en cada arbusto, lo que otros canes dejaban dicho, advertido, avisado y chismoseado. Martha caminaba silenciosa, comportándose como un tímido y persistente signo de interrogación. Comenté, por mantener la superficialidad y evitar frases vampiro, que los perros revisan su correspondencia en cada poste.

Al subir a mi departamento, el cuerpo de la mujer y el mío, sin pedirnos permiso y como si no fueran nuestros, contestaron abruptamente la pregunta callada de Martha. Saldaron una deuda que ni siquiera sabía que teníamos. Retomaron su conversación epidérmica. Se besaron al derecho. Y al revés. Se otorgaron permisos impensables. Se colmaron y se calmaron, tocaron un concierto a dos vicios… encontraron ángulos y ritmos en un ritual que le hizo más de un hueco a la noche.

—Le pedí a Daniel que te contrate de tiempo completo —me dijo, mientras se subía las medias—. Y te hemos doblado el sueldo.

—¿Y si no acepto?

—No tienes que ir a las oficinas si no quieres. Sé que las odias. *Los Dedos del Viento* es un éxito. Me has dado muy buen material para mis programas.

Los índices de teleaudiencia están más altos que nunca. Me has inspirado a escribir mejor. No puedes no aceptar. Ya eres parte de mí. Chau, amor —me besó la frente y se marchó.

"Ya eres parte de mí". Esa frase vampiro me estuvo chupando la sangre toda la semana. Es verdad que ganaría un dineral. Y podía, inclusive, desaparecerme un par de días sin que me buscaran. "Me has inspirado a escribir mejor", eso sí que no me lo esperaba, yo soy el escritor y ahora piensa que ha sido ella. Bueno, supongo que el dineral que me paga incluye esas convenientes confusiones.

Escribía los guiones para su programa de televisión y había días en los que no hacía nada. Daniel y ella viajaban con frecuencia, lo cual era un alivio. Pero esas frases me quitaban fuerza. Al poco tiempo me dijo otra, y otra, y otra más. Me las mandaba por textos telefónicos desde la sala de masajes en Bali, desde su penthouse en Mónaco, desde su yate en Los Hamptons. Me las murmuraba en las reuniones de la oficina. Frases vampiro como: "Prefiero no ser nadie con tal de ser tuya", "Mi verdadera misión es hacerte feliz", "Mi cuerpo es única y exclusivamente para ti". Y así fue que una mañana, escondidos en un baño, montada sobre mí, luego de que alcanzamos un clímax silencioso, le dije, casi ahogándome en mi propia respiración:

—No quiero verte más.

Nunca te estaciones

Martha Marmolejo nació prematuramente. Su madre murió durante el parto. Don Cástulo Marmolejo, dueño de cincuenta edificios de estacionamientos en la Ciudad de México y una onerosa compañía de préstamos, se encargó de su hija con devoción, al grado de contratar maestros particulares para que no tuvieran que separarse debido a la escuela. Él mismo fue su profesor de historia de México, historia universal y geografía. Repasaban los estados y las capitales de los países, haciendo largos viajes a los Estados Unidos, la Unión Soviética, Europa, Sudamérica, la India; esquiaban en los alpes suizos y veraneaban en la Costa Blanca española. Ambos practicaban la equitación, jugaban al golf y recorrían restaurantes alrededor del mundo, simplemente para degustar un platillo que aparecía descrito en la revista del Club Gourmet Internacional. Acudían a la ópera en Roma, Nueva York, París. Las palabras sabias que continuamente repetía su padre eran: "Nunca te estaciones, hija... deja que otros lo hagan y aprende a vivir de eso".

Más que los sabores simples e intensos y la textura granulosa del *haggis*, el plato escocés predilecto de don Cástulo: vísceras de cordero, sebo y avena tostada, mejor conocido como la morcilla escocesa, el empresario disfrutaba ver el brillo en los ojos de

Martha, quien a sus dieciséis años ya era toda una gourmet. Dentro de la taberna, entre los nativos de Glasgow que cenaban bebiendo whiskey a la luz tenue de las lámparas en las anchas columnas de piedra bajo las bóvedas de ladrillo y vigas, imbuidos en una atmósfera medieval, don Cástulo vertía un tanto de su tarro en el vaso de su hija:

—Esta cerveza es de sabor fuerte y, para mi gusto, combina de maravilla con el *haggis*.

El empresario, en cualquier restorán del mundo, se aseguraba de que los meseros a su servicio fueran jóvenes y guapos. Aparentemente le agradaba ver cómo le sonreían a Martha.

—Aquel jovencito no te quita los ojos de encima, mi amor. Míralo: parece un ángel.

—Ya, papi, me das pena ajena.

Don Cástulo murió de un infarto masivo en la cama de un motel en San José, Costa Rica, encima de un niño de trece años. Su hija heredó, a los dieciocho años de edad, el negocio de su padre. Y fue precisamente durante la junta gerencial en la que se anunciaba la venta de los cincuenta estacionamientos, veinte de ellos en el centro de la ciudad y el resto en las colonias Condesa, Roma y Polanco, que Martha se dio cuenta de tres cosas: una, Daniel Bruno, el gerente general de la empresa, la miraba con ojos de amor; dos, le gustó hablar en público y tres, su nombre, en la agenda de trabajo, estaba mal escrito: tenía una hache intermedia la cual decidió jamás corregir.

La estrategia de conquista de Daniel Bruno fue invitar a cenar a Martha para decirle que nunca había escuchado a nadie inspirar a un grupo de despedidos con un mensaje tan positivo. Y fue verdad, al final de la junta, aun sabiendo que acababan de perder sus empleos, los gerentes le aplaudieron y se despidieron deseándole la mejor de las suertes. El entonces cuarentón no perdió un minuto en reemplazar la figura paterna de don Cástulo. Poco a poco, sin atraerle físicamente, pero sí como un empresario iluminado que deseaba convertirla en una gran inspiradora, Martha se dejó besar por unos labios que no la transportaban, pero cumplían su palabra.

Daniel Bruno supo construir una plataforma para Martha. En un principio impartía cursos de superación personal en pequeños salones de restaurantes y hoteles. Luego consiguió entrevistas en la radio. Después, su propio programa radiofónico y, reuniendo en papel sus mejores consejos de autoayuda, publicó su primer libro, cuyo título la catapultó hacia las mesas de noche de cientos de miles de lectoras: *Mejor Mujer*. A partir de ese momento, Martha Marmolejo se convirtió en un fenómeno mediático y en una máquina de hacer dinero.

O así lo creyó

Daniel Bruno. Qué combinación de sonidos. Daniel Bruno. De sentimientos y de sentidos. Daniel Bruno. Dos palabras a tambor batiente. Daniel Bruno es la historia de tres de whiskys que su madre no supo evitar. Daniel Bruno es lo que se intenta que no ocurra y aun así, desgraciadamente, pasa.

Pero empecemos desde el principio. Comencemos con don Ángel Ávila. Un empresario que se enamoró en el Alvear Palace Hotel, edificado en el barrio más elegante de Buenos Aires: La Recoleta. Se enamoró de una afanadora de habitaciones. La señorita Bárbara Bruno. O así lo creyó. O así lo supuso. O de golpe lo deseó así. Lo que sentía por la bellísima y humilde porteña era definitivamente algo. Clara y contundentemente. Curiosidad. Morbo. Atracción animal. Ganas de procrearse con semejante diosa. De un día a otro, de una hora a otra o de un instante al otro, a don Ángel empezó a dolerle no ser el dueño de ese sueño: una combinación de nostalgia, vulnerabilidad, salvajismo y sensualidad a raudales irradiaban esos ojos juguetones y ambarinos. Bárbara Bruno, criada en el barrio de La Boca, se dejó consentir, premiar y atuendar con la insistente e indiscreta generosidad de don Ángel. Bárbara Bruno pasó de afanadora a afanosa. De hacerle la cama a deshacérsela. A los quince días, el conquistador se llevó a México a la porteña, convencido de que había encontrado al amor de su vida. Pero, como suele suceder en estos casos, fue el de su muerte.

Diez años después de su llegada al Distrito Federal, en la terraza del club deportivo, un joven tenista, de cuyo nombre la porteña nunca se enteró, se sentó a su mesa y le invitó lo que vendría siendo un trago de más. Mientras don Ángel estaba de viaje, el tenista supo exacerbar la barbarie en las pupilas de Bárbara. Sin embargo el deportista no fue el único… en algún lugar detrás de los párpados de la mujer estaba escrita una larga lista de hombres (de preferencia sin nombre).

Don Ángel recibió la noticia del embarazo con cautela; puso las palabras "estoy embarazada" lejos del abrazo que su esposa le pedía. Siempre sospechó de la sonrisa inacomodable de su querida Bárbara. Desde el inicio de su relación matrimonial, para evitar que alguna sorpresa le partiera el corazón, don Ángel escuchó lo que le decían sus corazonadas y lo fue comprobando y documentando. Nunca la confrontó para evitar lo inevitable. Pero supo archivarlo en la bandeja de los asuntos pendientes. El bebé nació callado. Casi no se movía. Gesticulaba y le temblaban los puñitos. Lo primero que hizo el marido fue solicitar, con discreción, fundamentos y (sobre todo) fondos, que el médico le hiciera la prueba de paternidad. Los resultados fueron contundentes. Los alelos del bebé no provenían del supuesto papá. Los anhelos del empresario se extinguieron por completo. Y ahora sí, ocurrió lo inevitable. El hombre escribió su testamento, lo documentó debidamente, metió la punta de una escopeta en su boca y jaló el gatillo.

Los caballeros no tienen memoria, pero tampoco amnesia. Don Ángel redactó una nota póstuma de doce palabras (y una meticulosa ausencia de nombres) en la que declaraba: "Me quito de la vida para que otros se acomoden en ella", dejándole a su viuda, como herencia, doscientos lingotes de oro puro.

Daniel Bruno. Su madre le puso Daniel y le dio su apellido. Daniel Bruno. Gracias a los doscientos kilos de oro, Danielito pudo asistir a las mejores escuelas, crecer entre el jet set y rodearse de los más astutos comerciantes del futuro; específicamente de un joven mayor que él con quien compartía la afición de jugar al polo, llamado Cástulo Marmolejo. Daniel Bruno.

Entre mantener a su hijo a la altura de sus compañeros universitarios y recorrer varones viajando por los cinco continentes (incontinente), a la porteña comenzó a aligerársele el oro y a pesarle el tiempo. Así fue como despacito, muy poco a poco, se fue hundiendo en su sonrisa.

Bárbara Bruno terminó sentada en una mecedora, dentro de un asilo para ancianos, a la espera de un ángel que no llegó.

Daniel Bruno. Al morir la anciana bonaerense, no quedaba un solo gramo del oro. Daniel Bruno. Aceptó la oferta de trabajo que le hizo su excompañero de polo, don Cástulo Marmolejo y supo convertirse en su hombre de confianza. En Daniel Bruno. Su brazo derecho. El ejecutor de las órdenes del dueño. El limpiador de la imagen de su jefe. El borrador de los problemas. El cobrador de deudas. En pocas palabras: en un lograr muy bien pagado. Daniel Bruno. Y muy temido por los acreedores.

Por ejemplo, el caso del Flaco Valdivia. Una cosa era tener una deuda con don Cástulo, dialogarla entre caballeros con el cobrador, Daniel Bruno, y llegar a un acuerdo por medio de un plan de pagos plausibles y constantes, y la otra era no pagar la renta de un lote de estacionamientos que dejaba muy buenas ganancias, simplemente porque se no se le daba la gana. Así de tonto. O descuidado. O de a tiro valemadrista. Posiblemente, el Flaco en verdad creía que se merecía no pagar, por lindo, por dicharachero y porque podía darse el lujo. Se rumoraba que era medio gángster. Que andaba en negocios turbios. Era alto, bastante delgado, muy bien parecido, buen jugador de jai alai y tenía una sonrisa tan cínica y divertida que todo el tiempo se salía con la suya... y en caso de no poder salirse, sus amigos lo sacaban. Daniel Bruno le pidió a don Cástulo su autorización para encargarse de recaudar los pagos atrasados por uso del suelo del Flaco Valdivia. No era cosa fácil. El mismo don Cástulo le dijo que tuviera cuidado y no corriera riesgos innecesarios, pues ya consideraba a Valdivia como una pérdida inevitable.

La visita de Daniel Bruno fue cordial. Invitó al Flaco y a sus socios a comer al Danubio; entre jaiboles y langostinos fue escuchado atentamente por el Flaco y sus hombres, quienes intercambiaban miradas y sonrisillas. El Flaco se comprometió a pagar y se disculpó genuinamente, categorizando su atraso como un torpe error administrativo. En la mesa de enfrente, una mujer se dejaba mirar y sonreír; el Flaco se sentó al piano y cantó para ella.

Valdivia era un enamorado del amor. El alma de las fiestas, los bares, restaurantes, donde hubiera un piano disponible, el Flaco, luego de un par de jaiboles, y por lo general para coquetear y conquistar a alguna romántica disponible, casada o no, tocaba y cantaba un amplio repertorio: desde las canciones de Agustín Lara hasta blues, boogie woogie, Frank Sinatra y progresiones de jazz interesantes y bien improvisadas.

Daniel Bruno se despidió y pagó la cuenta. La mujer de la mesa de enfrente había flaqueado y ya cantaba, sentada junto al Flaco, cuyas manos sobre el marfil animaban un contagioso carnaval. El pianista le hizo un guiño amigable a Daniel y él inclinó ligeramente la cabeza.

Pasaron los meses, pero el pianista fiestero… no cumplió con su palabra. Una noche, saliendo de un cabaret, al Flaco lo interceptaron dos hombres atléticos. Hundieron sus puños en el vientre esbelto, lo empujaron al interior de un automóvil, lo estuvieron golpeando hasta llegar a un edificio abandonado. Lo cargaron, lo arrastraron hasta adentro; ahí se encontraban otros más, vestidos deportivamente. Y encontrábase también un pequeño piano. Uno de los hombres atléticos le dijo:

—Buenas noches, y disculpe a mis compañeros, pero es que nos gusta mucho la música y quisiéramos que nos complaciera con una canción.

El Flaco miró con ojos de terror a su alrededor. Los hombres sacaron, de detrás del piano viejo y sucio, un par de martillos y un fuete. La luz de un foco pelón colgado de un cable revelaba el techo alto, las paredes desgastadas, pintadas con palabras y dibujos obscenos. El suelo era de cemento, había pedazos de periódicos, botellas rotas por todos lados y una cubeta bajo una llave de agua que goteaba.

—Suéltenlo —le ordenó el hombre atlético a
los otros—, él sabe tocar sin que lo ayuden, ¿verdad,
señor Valdivia?

El Flaco, atemorizado, trató en vano de sonreír y, hablando con sumisión, cambió de tema:

—Les doy lo que quieran. Tengo dinero, y
bastante. ¿Cuánto necesitan?

—Hombre, gracias por la oferta, pero, ¿a poco
así de jodidos nos vemos?

Los demás rieron; el hombre principal, que
aparentaba ser el líder, le insistió al Flaco:

—Mejor complázcanos con una canción que
nos alegre —entre dos lo sentaron al piano.

—Digamos que una canción nueva. Com-
ponga algo que se llame, por decir: en esta vida todo
se paga, ¿cómo ven, colegas?

—Muy buena idea —dijo uno de ellos, los
otros asintieron.

—Capaz de que se convierte en un jitazo, ¿qué
no? —dijo otro más.

—Pero no se ve muy inspirado, caballero —le
comentó el que tenía el fuete en la mano.

—Que toque, que toque, que toque —pedían
todos a coro.

El Flaco estaba encorvado, respiraba con difi-
cultad, sentía un dolor agudo en las costillas.

—Empecemos con la postura correcta, hay
que sentarse derecho, así no, señor, bien derechi-
to, a ver, creo que el caballero necesita asistencia,
explícaselo, por favor —le dijo el líder al de la vara
de castigo, quien reventó un fuetazo en la espalda
del Flaco Valdivia. El pianista se retorció del dolor,
cayendo al suelo y gritando agudo. Entonces em-

pezó a suplicar que lo dejaran ir, a ofrecerles lo que quisieran.

—Lo que queremos es que toque una cancioncita para nosotros. Qué, ¿es mucho pedirle?

Los hombres lo volvieron a sentar. El Flaco, a pesar de las punzadas en las costillas y el creciente ardor en la espalda, se sentó derecho, bufando del dolor. Miró el rostro del líder, lo vio esbozar una sonrisa y guiñarle un ojo. Entendió que no le quedaba otra salida más que prestarse al juego. Y al mismo tiempo entendió en sus testículos que en realidad no había salida. Puso sus dedos sobre las teclas y comenzó a tocar una progresión de acordes, el piano no sólo estaba desafinado, sino que algunas teclas ni siquiera sonaban. El líder interrumpió al Flaco:

—No, no, no, ¿qué le está pasando? Le falta fuerza, alegría. Yo no sé cómo se toca el piano, pero algo me dice que los dedos chiquitos no están echándole ganas y eso hay que corregirlo.

Dos hombres se fueron sobre el Flaco, tirándolo al suelo, mientras que otros dos le estiraron primero un brazo y luego el otro y le martillaron, con fuerza brutal, hasta hacérselos estallar, los meñiques de ambas manos. Los alaridos de Valdivia llenaban cada hueco del edificio desierto. Le tuvieron que echar agua en la cara para despertarlo del desmayo. No podía hablar. Temblaba, ovillado en el suelo, cubriéndose el rostro con las manos sangrantes, llorando.

—A ver, a ver, a ver; vamos a volver a empezar, señor Valdivia. Por favor, tome asiento y complázcanos con una melodía alegre, algo que salga de su inspiración: pero con ganas, que cada dedo haga su trabajo.

—Que toque, que toque, que toque —cantaban los hombres.

Lo acomodaron sobre la silla para piano. El Flaco tiritaba. Vio que uno de ellos, parado a su derecha, tenía unas pinzas de electricista en la mano.

—Lo escuchamos, señor Valdivia —dijo el líder—, el escenario es suyo. ¡Vamos!

—Por favor —imploró el pianista, diez años más viejo que hacía diez minutos—, les doy lo que quieran. No los voy a delatar. Por piedad.

—Ni que fuéramos delincuentes. Somos su público, usted nomás alégrenos. ¿Será que necesita inspiración?

—Se lo ruego, le voy a dar lo que me pida… por Dios…

El líder no le respondió. El Flaco escuchó las gotas, una tras otra, caer dentro de la cubeta. Irguió la espalda trabajosamente y puso los dedos sobre el teclado, tocando un par de acordes; sus manos, estallando de dolor, perdían el equilibrio y erraba, lo que nunca, la distancia entre las teclas. Jamás, ni cuando por primera vez en su vida se sentó ante el instrumento, estuvo tan desorientado entre el ébano y el marfil.

—Definitivamente hay que darle una inspiradita. Corríjanle tanto descuido, por favor —le pidió a sus colegas.

El fuete detonó con una fuerza incontenible sobre el cuello y la oreja del pianista. Un empujón lo aventó al suelo y ahí lo detuvieron, forcejeando entre súplicas y berridos, mientras las pinzas le quebraban, exitosamente, cada falange de cada dedo. Sus oídos escuchaban, muy de lejos, sus propios gritos.

—Mal hecho, Valdivia, le dimos la oportunidad de complacernos haciendo lo que más le gusta,
lo que más se le facilita y usted nos insulta con semejante mamarracho.

Y ya desmayado, con los labios en el polvo, ba-
ñado en su vómito, le hicieron puré manos y dedos,
a martillazo limpio.

Sin piano, el Flaco no fue el mismo. Sin su
sonrisa, las mujeres no lo miraban más. Sus amigos se
alejaron, nadie se animó a vengarlo.

Al llegar la navidad, recibió un paquete; su secretaria tuvo que desatar el listón y romper la envoltura: era un elegante compendio de canciones para
piano, dedicado de puño y letra:

Con afecto y admiración al señor Valdivia
y a su alegre deuda con las musas,
Daniel Bruno

La relación entre Martha Marmolejo y Daniel
Bruno se hizo lo suficientemente sólida para sopor-
tar la firma de un contrato matrimonial; fundaron
la empresa Marmolejo, S.A. de C.V., una productiva
fábrica de ilusiones y ahora, muchos éxitos después,
aquí, encerrada en el baño y encima de mí, se encontraba ella… respirando como una maratonista y
diciéndome:

—Pídeme lo que quieras… pero no me dejes.

El cielo y el sol son uno, mira, como tú y yo
somos este, tú el cuidado yo el cuidador, el mar y
la arena siempre juntos porque llega siempre, llega
todo, mira el agua, mira entre nosotros, y la risa de la
gente, mira, nos salpica, son buenos todos porque el

agua con la luz son baño y aquí no huele a lo que no se ve, aquí corremos, mira, y damos brincos, ¿viste?, yo te llevo yo te sigo yo te cumplo yo me dejo lo que pidas con tus ojos te lo hago porque quieres, mira cómo, mira cuántos se me acercan y tú dices en silencio, somos juego, compartimos, cuánto asombro, mira, las gaviotas, mira, se hunden huellas que te sigo porque tú marcas el rumbo, si lo pides doy un salto, si prefieres yo me tumbo.

Se dice fácil

Cuando todos van de ida, yo ya voy de regreso. Esa es mi gran cualidad, y vale mucho más que el oro de mi madre. Hay que pretender que uno no ha visto el panorama completo, hacerse el inocente, el desinformado. Esperar las reacciones y entonces sí, calcular la de uno. Se dice fácil. El truco es llevarlo a cabo. Se necesita más frialdad que güevos. El que se enoja, pierde; el que grita, revela; el que llora, concede. Quedarse calladito, sin moverse hasta que el polvo se asiente. Así resolví mil problemas que parecían imposibles. No entré a los bombardeos, llegué cuando el humo se disipaba. Ahí es cuando las cosas se ven nítidas, cuando ya todos actuaron, pelearon, declararon, confesaron y queda el saldo expuesto en su totalidad; digamos que ahí se revela la historia de principio a fin...

El plan entre Martha y yo sigue en pie y es muy sencillo: exprimirle a Iván todo su jugo para reinventarla. Le pago bien al tipo, está funcionando, las evidencias son irrefutables, los resultados superan las expectativas. Contratarlo fue una buena corazonada de mi mujer, debo admitirlo; más allá de que me guste o no su manera de escribir. Lo malo es que ya voy de regreso y me estoy dando cuenta de algunos detalles que no venían incluidos en el contrato. Digo, entiendo que para las tormentas de ideas se necesite convivir intensamente. Respeto los procesos creativos. Si no lo hiciera, no sería el dueño de mi empresa, ni hubiera sabido motivar a Martha, inventarla, lanzarla, afianzarla, hacerla indispensable, convertirla en una motivadora, en la escritora más leída del país, carajo. Sé lo que sé, pero también sé lo que sería mejor que no supiera; me costó muchos años entender que esa es una bendición. No por ser empresario soy insensible, ¿me explico? Me doy cuenta de los cambios en el momento en el que ocurren. A la mejor no los veo con los ojos ni los escucho ni los huelo; a la mejor no los intuyo ni los advierto con la mente... pero lo que no me falla son estos: los intestinos; aquí es donde me chingo a mis contrincantes.

Es curioso, llevamos muchos años juntos y Martha no sabe que yo sé lo que muchos no saben. Así es mejor. Yo soy un marido, un empresario, un hombre a la antigua, digamos que soy tradicional en el sentido en el que el hombre es el hombre y lleva sus cuentas sin rendírselas a nadie. Algunos amigos han cometido la estupidez de abrirle su información, por ejemplo, financiera, a sus mujeres, sin saber que las finanzas y la integridad son indivisibles: si abres una, se abre la otra. Un hombre íntegro sabe sobrevivir y darle seguridad a su pareja sin necesidad de darle explicaciones. Un hombre íntegro hace, no dice; no plantea: resuelve. No va, viene.

Sí, perdí la calma... se me salieron los intestinos enfrente de mi esposa, del escritorcito y de algunos de mis empleados. No me vuelve a ocurrir, eso espero. Esta sensación de que mi mujer anda metida en algo que no me incluye es nueva para mí. Por eso reaccioné sin pensar. Es más, creo, y esto comprueba que no hay mal que por bien no venga, que mi fa-

llida actitud me va a ayudar a actuar como debo...
por supuesto que sí, me va a auxiliar porque así nadie
podrá calcular ni imaginarse los alcances de mi frialdad... De vez en cuando será bueno que se me salga
una que otra inseguridad, mostrarme vulnerable. Qué,
cosas, carajo. Me esperan días difíciles, retos gordos y
obstáculos incómodos. Pero ahora es cuando de veras
voy a demostrar de lo que está hecho Daniel Bruno.
Así que calma, mucha serenidad, o la mayor tranquilidad que me sea posible aparentar... Soy un ganador
y nunca —que quede muy claro— voy a permitirme
lo contrario.

Abracadabra cada palabra

Daniel Bruno me escribió un correo electrónico directo y al grano:

"Estimado Iván, quisiera invitarte a cenar para que hablemos acerca de tu futuro en mi empresa."

Había elegido un restaurante asturiano en el que tenía mesa reservada indefinidamente, pero yo le pedí que fuéramos al Malafama, un antro en la colonia Condesa, simplemente por enunciar el nombre de ese lugar y ver la expresión de su cara. Se lo pedí con ojos de no estoy negociando, con ojos de te digo que vayamos ahí porque ahí es a donde vamos a ir y punto. Qué mandón. Pero así hay que ser con los que son así. Viajábamos dentro de su Mercedes blindado. Ver a Daniel Bruno repetir "Malafama", indicándole el cambio de planes al chofer, estuvo, como dice la campaña publicitaria de American Express, "priceless". Sacar al magnate de su magnetismo con las ocho letras del nombre del tugurio me supo exquisito. El bar estaba ruidoso, las mesas de billar activas. Nos sentamos en una esquina y levanté las cejas mirando a Daniel en señal de "que salgan tus palabras a la pasarela":

—Interesante recomendación, Iván. Original el sitio. ¿Qué sugieres que ordenemos de cenar?

—Nada —dije sólo porque la letra "a" me pareció una entrada perfecta hacia Daniel. Es más, inspirado en el nombre del antro, decidí hablar con

palabras que contuvieran, únicamente, la primera vo-
cal: ¡ajá!

—¿Nos tomamos algo? —preguntó, intentando mostrarse cómodo.

—Grappa, cachaça, champán...

Daniel ordenó una botella de champán.

En la mesa de al lado, una mujer teñida de
rubio, los brazos completamente tatuados y dos tipos
rapados, gordos y con aros en los labios, nos miraban
como si fuéramos una película porno, tan sólo porque en un bar tequilero, cervecero y cubetero, pedir
una botella de champán en compañía de un empresario con las uñas manicuradas y el color del pelo fal-
sificado les resultaba exquisitamente obsceno.

—Salud, Iván —levantamos las copas y sor-
bimos un trago— me gusta que entre Martha y tú
exista una complicidad creativa... que sean sensibilidades afines.

—Almas amarradas.

—Efectivamente... Esa cercanía tan exclusiva
es lo que ella vende; eso mismo sienten sus lectoras.

—Martha va más allá...

En una infinitésima de segundo, la moneda de
sus pupilas giró del odio al miedo y de vuelta al odio.
Se oyó un estruendo de voces en una de las mesas de
billar. La incomodidad de la pequeña silla de madera,
los colores chillantes de las paredes con sus cuadros
de luchadores psicodélicos devorándose unos a otros
como si fueran dinosaurios, las risas desmedidas y las
conversaciones, sin filtro y estentóreas, incomodaban
extremadamente a Daniel.

—¿A qué te refieres?

—A la máscara.

El empresario se dio cuenta de que me di cuenta de que se dio cuenta de que me di cuenta y recuperó su aplomo de jugador de póker. El entorno desentonaba dramáticamente con su saco de tweed, su gazné color guinda, el tinte de su cabello, el esmalte de sus uñas. Hizo una pausa, bebió de su copa y agregó:

—Has contribuido sustancialmente a que el mensaje de Martha siga expandiéndose…

—Las masas la aman…

—Sí… pero no son fáciles de persuadir, Iván. Se requiere una antena especial, ¿estás de acuerdo? Y los lectores de *Los Dedos del Viento*, según mis investigaciones, han llegado al grado de memorizarse algunos pasajes del libro y eso, es fenomenal.

—La dama canta para ganar las batallas. La alaban, la aclaman.

Al mover su mano sin calcular la distancia, tiró la copa al suelo. El sonido del vidrio generó una pequeña ovación, algunos silbidos de los vecinos de mesa. Las pupilas de Daniel estallaron de pánico una milésima de segundo. Yo levanté la mano e hice un sonoro chasquido con el pulgar y el dedo medio, que atrajo la presencia de cuatro meseros solícitos y apenados por el percance, quienes se encargaron de corregir, en el acto, el error de Daniel Bruno.

Sonreí beatíficamente y dije:

—Más champán.

Daniel esbozó un fallido intento de sonrisa y con mucho interés me preguntó:

—¿Cuál es el secreto detrás de un mensaje tan exitoso?

—Abracadabra, cada palabra.

Llegué al fondo de su incomodidad; le chisporroteó la crueldad en la mirada. Por un instante vi los ojos del Daniel Bruno al que los acreedores de don Cástulo Marmolejo tanto temían. De ese Daniel capaz de torcer, quebrar o agujerear cualquier incumplimiento de pagos. Me dejó ver su arsenal. Intentó hacerme bajar los ojos pero me aferré a la "a" como quien vuela en un papalote y agregué:

—Hasta mañana.

Daniel me sujetó el brazo, apretó las mandíbulas y dijo:

—¿Me estás desafiando?

—Para nada.

—¿Qué me estás queriendo decir?

—Palabras…

Soltó mi brazo y me habló clavando su mirada en la mía.

—Martha me dijo que ya no quieres trabajar para nosotros, pero necesitamos que ella escriba otro libro.

—Ah, caramba.

—¿Cuáles son tus condiciones, Iván?

Miré a los ojos del empresario y, por el gusto de rematar la noche Malafama, pronuncié un eufónico par de palabras:

—Más lana.

Ojos azules y voz de colores

Acapulco. Decirlo suena como echarse un chapuzón. Lo dije y lo repetí por remojarme en el sonido y por eso se me cumplió. Me vine a trabajar a Acapulco. A un penthouse de tres plantas con alberca, cocinera, personal de limpieza, chofer a mi disposición y un aumento de sueldo. Además, persuadí a Martha de que su próximo libro, mismo que tengo dos meses para escribir en este paraíso, hable de sexo. No tuve que explicárselo ni dárselo a entender. Se lo hice (palabra a palabra, renglón a renglón) y, al parecer, me compró la idea. Capaz de que hasta me lo dictó. Ahora sólo debía redactarlo. Como antes, el título me lo sugirió mi querido Orloff, esta vez echado sobre las sábanas revueltas de mi cama. Al verlo tan cómodo, tan a gusto, tan libre, tan guapo, tan gigante, tan aristocrático, tan paciente, tan sabio, tan alma vieja, llegó a mi mente esta frase: Haz el Amor y no la Cama.

Me agradó. La repetí en mi cabeza. La dije en voz alta: Haz el Amor y no la Cama. Y me puse a escribir. A teclear sin descanso, como si alguien (¿Martha?) me dictara. La frase venía repleta de párrafos. Pensaba más rápido de lo que mis dedos podían mecanografiar. A un pasaje lo titulé Frases con Crema. A otro, que exploraba los dulces confines del adulterio, Pastel de Tres Lechos. Y de una manera fácil fueron tomando forma los capítulos de este nuevo libro de autoayuda. El tono era distinto, el tema era diferente, la voz de Martha iba cobrando una sencillez fresca, una simplicidad sincera, sin tapujos ni tabúes, cada palabra cabía en su sitio y cada significado fluía en su estado natural. Se armaba jueguetón el texto, pícaro, cómplice y, lo principal y más importante, sin aleccionar, sin predicar; era un diálogo con el lector y no para el lector, sutil y abismal diferencia.

Ver la mirada de mi gigantón me ponía de muy buen humor. En esos ojos encontraba la amistad en su más pura expresión, la entrega incondicional, el amor sin egoísmo, la elocuencia del alma en sus pupilas. Lo saqué a correr a la playa. Se metió a las olas conmigo. Los bañistas se acercaban incrédulos, no podían concebir que hubiera un perro de tal tamaño. Se dejó montar por los niños. Orloff era la encarnación de la buena onda. Buscaba mi mirada para saber si necesitaba algo. Se adapta a mis caprichos, mis carencias, mi soledad, mis excesos y a mi silencio con la misma facilidad con la que respiro. Era el cómplice de mi espacio y de mi tiempo. Era.

Fumé la Acapulco Golden que me consiguió la cocinera y me lancé sobre Orloff, lo abracé, le di mil besos, me lamía con su lengua enorme, retozábamos como dos niños, como dos osos; puse el disco *Macondito* de Emil Awad y escuché la llegada de los gnomos musicales que magistralmente dibujaba el músico con el fagot, las flautas y el oboe: un paisaje sonoro rebosante de vida.

Y ay, Migdalia, ay, ay, ay. Así se llamaba la cocinera. Una mulata veinteañera con ojos azules y voz de colores. Soy hija, me confesó orgullosa, mientras hablábamos para decorar con palabras la tensión

sexual, de un tal Ian Stockdale: un amigo cercano del
rocanrolero Mick Jagger. Me contaba, inhalando el
humo elocuente, que nunca conoció a su padre. Su
madre le contó que él era un hippie ya viejo pero
eternamente joven, un caballero dulce y amante del
mar. Mordí una quesadilla de cazón... la cocinera
decía que su mamá llevó a Ian y a Mick a una playa,
cerca de Barra Vieja, a ver el nacimiento de las tor-
tugas. Me dijo, mientras le daba un trago a mi agua
de coco con ginebra, que el Rolling Stone y su amigo
pasaron un día entero fumando de esta misma mota
y ahuyentando gaviotas para que no se comieran a los
reptiles recién salidos de la arena en su camino al mar.
Y me dio a entender, con una pausa de silencio, que
aquella noche Ian y su madre le copiaron el ritmo al
océano. Y nunca volvió a saber del británico.

—Pero a manera de recuerdo, dejó su mirada
en mis ojos... eso dice mi mami, ¿tú crees?

Lo que mi cabeza en posición vertical escucha-
ba se fue ladeando hasta el horizonte y así, un pequeño y agradable problema se me presentó: Migdalia
ante mí. Lo tuve que resolver. Acomodar. Emprender. Enderezar. Ejercer. Despejar. Corresponder. Eri-
gir. Culminar. Vestir. Desnudar. Enfundar. Repetir.
El chofer y la mujer de la limpieza me saludaban con
ojos de ya sabemos que te andas cogiendo a la cocinera. El personal del edificio y los pescadores en la playa
me sonreían con la misma información en el saludo.
Orloff me lamía, protector. Se me daba con facilidad
la redacción de *Haz el Amor y no la Cama*: una oda a la
libertad epidérmica, a la autonomía de los sentidos, a
la emancipación de la carne. Migdalia era mi musa y la
cannabis acapulqueña, mi coautora elocuente.

Pocas mujeres están desnudas antes de quitarse la ropa. Migdalia pertenece a ese grupo selecto. Su sexo y el mío hablaban en lenguas profundamente perdidas, mi sexo y el de ella eran selva cerrada, estallido de flamencos sobre un lago, anguilas electrocutando a un lagarto, embestida de jaguares… y en ese vaivén fascinante una parte de mí, la menos necesaria, mi conciencia, sabía que en cualquier momento se presentaría Martha, hecha un volcán de necesidades. Últimamente ya no texteaba frases vampiro. Simplemente redactaba amenazas sutiles como "Te voy a matar con un orgasmo". Y una mañana, cuando volvía de correr en la playa y bañarme en las olas con Orloff, el conserje del edificio, con ojos de gravedad, me dijo:

—Lo espera la señora Marmolejo allá arriba.

Al abrirse el elevador, me recibió una descarga de estrés con un whisky en la mano.

—Amor, Daniel está sospechando.

—Que le aproveche.

—Escúchame. Me dijo que sabe que hay algo entre tú y yo.

—Lo que seguramente sabe es que no hay nada entre él y tú.

—Por las buenas, Daniel es un hombre recto y generoso, pero por las malas…

—No quiero hablar de tu marido.

—En serio, Iván. Tenemos que ser mucho más discretos.

—¿Tenemos?

—¿Nunca tomas nada en serio?

—Sólo si es gracioso.

—¿Sabes que soy capaz de dejarlo si me lo pides?

—Saberlo no significa nada.

—A veces te odio. Te digo que sería capaz de reinventarme a tu lado.

—¿Para que yo sea testigo?

—Para estar juntos, odiosito.

—Hablemos de tu libro, voy muy avanzado.

—No sabes cuánto trabajo me costó justificarle tu aumento de sueldo.

—¿El odiosito soy yo? Pues no fue suficiente. Creí que me valorabas más.

—Te estás pasando, corazón.

—Vas a triplicar tu fama con lo que estoy escribiendo. O me dices algo cien por ciento agradable, o me voy con mi manuscrito.

—"Estamos" escribiendo, no te olvides que tuve que meterle mano al manuscrito anterior.

—Le metiste mano, pero nada de cabeza.

—Muchas frases y algunos pasajes son de mi autoría.

No podía creerlo. Martha me lo aseguraba como si en realidad eso hubiera ocurrido, sabiendo perfectamente que cada palabra la escribí yo.

Migdalia se acercó a preguntarme si se me ofrecía algo de desayunar. Me miró traviesa, marcando su territorio ante la cuarentona angustiada.

—No, gracias —respondí, devolviéndole una sonrisa breve.

—Yo pensé que estarías muy hambriento… —comentó la mulata y se marchó contoneando la obviedad de su insinuación.

Martha me miró con furia y le dijo a Migdalia:

—Sí, prepáranos dos platos de fruta y puedes marcharte un par de horas.

Migdalia contestó, retadora:

—Prefiero quedarme aquí, para lo que se les ofrezca.

Martha le dijo:

—Estar solos es lo que se nos ofrece.

Y la cocinera remató:

—Uno nunca está solo, pues lo acompaña siempre lo que es, lo que fue y lo que puede llegar a ser. Eso dice usted en *Los Dedos del Viento*, señora Martha. Me voy a la playa, Iván. A ver si luego me alcanzan… me refiero a tu perro y a ti.

La empleada se retiró sin preparar los platos de fruta.

—¿Te estás metiendo con la cocinera? —Martha hundió su pregunta en mis ojos y en cuanto ésta tocó fondo, me dio una bofetada.

Orloff levantó la cabeza. Guardé un silencio duradero. Miré su mirar humedecido. Su vulnerabilidad en ebullición. Supo que al dar una cachetada ya no había vuelta en u. El miedo le brotó. Presintió con acierto que no estaba en control de sus acciones. Me pidió que la abrazara:

—Voy a seguir escribiendo, Martha. En diez días estará listo el manuscrito.

—Necesito hacerte al amor, Iván.

—El amor se hace por fortuna, no por necesidad.

Orloff caminó hacia nosotros y lamió la mano de Martha.

—Perdóname, Iván —dijo la motivadora con la voz entrecortada.

—Perdónate tú… Saludos en la oficina.

Veinte horas después, Martha me mandó una canasta llena de frutas, botellas de vino, quesos y patés y un sobre con una carta que leí bajo los efectos de las lamidas fraternales de Orloff, tumbados en el piso, luego de haber deshecho la cama con Migdalia y todas sus selvas:

Querido Iván:
No pegué los ojos en toda la noche. Me siento tan estúpida por haber reaccionado como lo hice. Te pido mil disculpas. Después de todo, soy una mujer, como las que compran mis libros, en busca de una respuesta. Seguramente tú la sabes. Me he enamorado de ti y me atormenta que otras mujeres te llamen la atención. Es una tortura mental entender y aceptar que eres un hombre joven, disponible y curioso. Soltero a más poder. Y, sobre todo, generoso como nadie en los placeres de la intimidad. Lo único que deseo me respondas es: ¿por qué si tú y yo nos gozamos tanto, necesitas más? ¿Acaso no te doy lo suficiente? Escribo las siguientes palabras con dolor, sinceridad y esperanza: te amo.
PD. Lo único que te pido es que me respondas con un texto telefónico a la brevedad posible, pues necesito dormir, respirar y volver a sonreír.

Obviamente respeté el tiempo de cocción del texto que le escribí. Le contesté cuarenta y ocho horas después. No me gusta apresurar las palabras. Hay que saberlas cocinar. Se debe ser un chef de lo que se dice, preparar cada vocablo con arte, paciencia y entrega. El silencio es un condimento insustituible. Y el *timing*, lo más importante; es el elemento que sella el mensaje para que conserve sus jugos. Lo que Martha leyó, fue una docena de vocablos rebosantes de significado: "Tú eres una señora casada, yo un hombre libre. Nunca lo dudes".

(Pensé que le quedaría claro).

Pastilla de viagra entre los dientes

Su casa era una ceremonia de mármol por fuera y por dentro. Un sermón solemne de distintas tonalidades, desde el color arena hasta el rojizo y en algunos salones, como el de juegos, un tartamudeo geométrico en blanco y negro. La alberca, techada, solamente la usaba Daniel. Adentro del agua, se ejercitaba y ordenaba sus pensamientos, como lo estaba haciendo ahora; zambullido con un aparato reproductor de sonido impermeable, oyendo el concierto para violín de Tchaikovsky. Pensaba en la cita que había concertado para más tarde, con una investigadora privada. Deseaba saber exactamente lo que estaba ocurriendo entre su mujer e Iván. Desconfió naturalmente de él desde el instante en el que lo conoció, pero ahora, por primera vez en sus veintidós años de casados, desconfiaba también de Martha.

La señora de la casa estaba más delgada, lucía pálida y parecía estar inmersa en una inquietud que se la estaba comiendo viva. Cuca, la empleada doméstica que había sido nana de Martha desde los tiempos de don Cástulo, podía sentir la densa melancolía que fulguraba en los ojos tristes de su niña; la veía suspirar honda y trabajosamente mientras intentaba en vano leer un libro, tumbada en la sala, bajo un enorme óleo que la mostraba vestida de blanco, montada en un caballo negro.

—¿Qué tiene mi niña? ¿Qué le preocupa? ¿Le preparo algo?

—No, Cuquita. Son cosas del trabajo.

—Pues ya no trabaje tanto. Mejor se hubiera animado a tener un hijo, ya ve. Eso es lo que hubiera necesitado.

—No nací para ser madre. Mis hijos son mis libros.

—No es lo mismo, niña. Venga, que lo que usted necesita es llorar, aproveche ahorita que don Daniel está nadando. ¿Qué le duele? ¿Será lo que estoy pensando? Es el joven Iván, ¿verdad?

Martha recargó su cabeza en el hombro de la anciana y dejó que le escurriera el silencio.

Daniel apareció refrescado, reanimado por el ejercicio, cubierto por un albornoz y diciéndole a Martha, mientras subía los escalones hacia la planta alta:

—Te espero en la habitación, Matis.

Cuca apretó cariñosamente el brazo de la señora para darle ánimos.

—Bueno, mi niña, vamos a trabajar que se nos acaba el día. Voy a ir preparándole una sopita pa que se reponga, ya verá.

La mujer llegó con los ojos hinchados; Daniel fingió que no se le notaban y, secándose enérgicamente el cuerpo con una toalla, le dijo:

—Tienes Daniel Bruno para rato, Matis. El doctor me ha dicho que mi corazón es tan sano que puedo tomar dos pastillas de viagra al día. Así que vamos a aprovechar nuestra salud. Capaz de que te rejuvenezco con tanta enjundia.

En la mente de Martha flotaron algunas imágenes: Don Cástulo y ella, de niña, en la proa de un crucero mirando caer una gigantesca pared de hielo de un glaciar. La catedral de San Basilio en la Plaza Roja de Moscú. El platón en Yokohama con el pez boqueando en silencio… su cabeza humedecida para conservarlo vivo mientras los palillos del mesero extraían trozos condimentados. Daniel todo sonrisa, con una pastilla de viagra entre los dientes. Iván desnudo, dormido boca abajo y Orloff mirándola. Un organillero atropellado en el Paseo de la Reforma. Una mosca sobre unos chongos zamoranos. Los ojos vacíos de un policía que le confesó nunca haber besado. Su primer nombramiento como escritora del año.

Ninguna de las fotos mentales se conectaban con la conclusión a la que llegó Martha mientras el rostro de su marido bufaba sobre el de ella: lo que había hecho siempre con Daniel era el agradecimiento, no el amor.

Qué lindo es tu cucu

Debo aclarar… no, mejor asegurar, que entre la motivadora más famosa de México y yo había mucho más que algo. No era amor. Tampoco odio. Ni resentimiento. Ni ganas de joder a nadie. Era algo que me sublimaba. Martha Marmolejo convertía mis instintos y mis instantes en frases. No era musa. Tampoco puta. Ni diosa. Martha era el mecanismo exacto que echaba a funcionar mi fuerza natural: el verbo. El rollo. El choro. La palabra que motiva la acción. El digo que se convierte en hago. Y también deseo constatar que a veces mis palabras eran tiernas, coloridas, armónicas y unir nuestros cuerpos era la forma más clara de representarlas.

Terminé la escritura de *Haz el Amor y no la Cama*. Me fui de Acapulco antes que Acapulco se fuera de mí. Pero no sin despedirme. Migdalia me llevó a la casa de su familia cerca de Pie de la Cuesta. ¡Música! La amistad es el palacio más lujoso del mundo, Orloff y yo fuimos sus invitados de honor. ¡Mezcal! El espacio se llenó de alegres y desinteresados anfitriones que adornaron con dadivosidad las horas. ¡Confusión! Llegaron varios curiosos con sus perros y casi se arma una fatal bronca entre cuadrúpedos. ¡Aclaración! Se los llevaron cuando vieron que Orloff es un elefante que juega con los niños. ¡Qué lindo es tu cucu!, la acapulqueña y yo bailamos con sus hermanos, ¡toma chocolate, paga lo que debes!, cuñadas, ¡es la boa!, y vecinos, ¡No hay nada más difícil que vivir sin ti! Bebimos hasta que el amanecer nos cerró la boca. Crucé una laguna sobre el lomo de un cebú. ¡De qué manera te olvido! Y escuché la voz más íntima de Migdalia por última vez.

Volví al penthouse por mis cosas antes de que a Martha se le ocurriera regresar. Al día siguiente me presenté con Orloff en Marmolejo, S.A. de C.V., y el nuevo best seller en mi computadora. Entré a las oficinas, le pedí a su secretario, convertido en un salmón que veía a mi perro como si fuera oso grizzly, que imprimiera el manuscrito, se lo entregara a Martha y me marché.

Al anochecer sonó mi teléfono:

—Te odio con toda mi alma. No hay que cambiarle casi nada.

—¿Tan poquito me odias?

— Ven mañana a primera hora para coordinarnos, ¿sí?

Iván, mi polígrafo profesional

De pronto, lo que nunca: Orloff soltó un ladrido. Martha me empujó, dando un paso atrás, pero en ese espacio flotaban nítidos el abrazo desesperado y su llanto; Daniel Bruno, bajo el umbral de la puerta, empalideció y dijo:

—¿Qué pasa?

La escritora tomó el manuscrito y le dijo a su marido:

—Tienes que leer esto, Daniel; es una genialidad.

Hay ojos que irrumpen, ponen, llevan, oponen, roban, niegan, ojos que no deben verte ni parpadear en el mismo espacio donde te protejo de las miradas que sequen la sangre que vive en tu cuerpo… yo mato si lo dices y callo si prefieres que no ladre, no ladre, no ladre, no ladre; hay ojos que es mejor apagarlos y que la luz no los pueda inspirar en tu contra nunca jamás, pero bueno, yo cumplo, tú mandas.

La luz de la tarde bañaba la espalda desnuda, las nalgas, los muslos, las plantas de los pies, con las uñas pintadas de negro, de Martha Marmolejo. A su lado, sobre la mesa de noche, una botella vacía de vino. Las almohadas estaban ahogadas entre el oleaje quieto de las sábanas. El jadeo sereno de Orloff, echado sobre el futón de la sala, el rumor lejano de la calle y el trinar alborotado de los pájaros flotaban entre las partículas del silencio.

—No sé, Iván, esa no soy yo… no me acaba de convencer el título.

—A ver: cuando lo leíste te gustó, te emocionó, te entusiasmó y sentiste que tu libro es la nueva Martha; la Martha liberadora, contagiosa de eso que los científicos, los poetas, los alumbrados y los drogadictos se empeñan en llamar vida.

—No estoy segura si lo que sentí fue eso.

—Le dijiste a tu esposo que leyera esta "genialidad", ¿o no?

—Es una manera de hablar, Iván; no empecemos.

—Sí, empecemos, Martha. ¿A qué estamos jugando? ¿A reescribir mil veces para regresar al original? ¿Con cada libro va a ser lo mismo?

—Será lo que tenga que ser, hasta conformarme.

—Juro que eres creativa, pero a veces te entra una racionalidad censuradora que no logro entender.

—Se llama sentido común: *business mindset.*

—¿No te das cuenta de que a veces dices cosas geniales? Ya quisiera que se me ocurrieran a mí.

—¿Ah, sí? ¿Como qué?

—Lo que me dijiste de tu marido.

—¿Qué te dije?

— Que hacer el amor con él es como sentarte a la mesa sin hambre y verlo comer. Esa comparación es genial. Eso da para todo un capítulo. No entiendo cómo puedes pensar así y, por otro lado, tachonear mis mejores frases.

—Una cosa es una cosa y la otra es la otra…
Mira, por ejemplo, le voy a dar un giro al título: *Haz
el Amor y También la Cama*… esa sí soy yo, positiva,
¡esa es mi voz, Iván!

—Si esa es tu voz, estás totalmente afónica.

—Muchas frases mías le han gustado a los lectores. Hasta se las memorizan. Dame más crédito,
¿no? O, en todo caso, comparte tu sueldo.

—Juego a lo que quieras, menos a pretender
que has escrito lo que yo escribí. Esas frases, todas,
son mías, Martha.

—*Whatever*.

No podía creer los alcances del cinismo de
Martha Marmolejo. Adjudicarse mis frases enfrente
de mí. ¿Estaba loca? ¿Lo hacía por joderme? ¿Lo decía
por las tardes enteras que nos pasamos reescribiendo
para volver a la versión original? ¿Estaría confundida
al grado de creerse la autora de mis palabras? ¿O sería
su manera de decirme que lo que yo hacía era automáticamente suyo? Preferí no aclararlo. Aunque admito haberme quedado tan incómodo como cuando
se tiene diarrea y el baño está ocupado.

—Corazón, métetelo a la cabeza: Daniel se ha
opuesto terminantemente a que se publique el libro
como está. Casi se muere cuando lo leyó. Mi equipo
se muestra muy preocupado. Entre todos, incluyén-
dolo a él, se han tomado la molestia de corregir el
manuscrito, de hacerme sugerencias, se han desvela-
do varias noches. Y sí, aunque no te guste, hay que
trabajarlo bastante. Está demasiado loco, hagámoslo
un poquito más normal, ¿si?

—Si quieres un libro normal, te garantizo un
resultado normal. Las tres últimas letras de normal,

son… mal. La normalidad es un pecado mortal. Entre los mandamientos debieron haber incluido: "No le desearás la normalidad a tu prójimo". Pero… ¿sabes qué?, es normal que te haga caso, compre más tiempo y me sigas pagando.

—Ya madura, Ivancito…

—¿Madurar? ¿Sabes lo que le pasa la fruta cuando madura? Se pudre.

—No es de tus mejores frases, ¿okey?

—Claro, esa metáfora no es lo tuyo, estás acostumbrada a la fruta de plástico, *sorry*.

—Quiero un libro más normal, ¿no puedes escribirlo?

—De acuerdo, vayamos por el camino de la normalidad. Es más, aquí te va un título: *Haz el Amor, es Normal*. ¿Te gusta?

—Ya te pusiste en tu plan de soy un genio, y creo que no estoy de ánimo para discutir. Me voy. Por favor corrige el manuscrito. Adáptalo a mi voz y considera las sugerencias de mi equipo.

—Me va a tomar bastante tiempo.

—Quedan dos semanas para entregarlo y eres rápido.

—Martha… la escritora de la normalidad.

—Iván, mi polígrafo profesional. ¿Estamos claros?

—Tanto, que todo se ve con nitidez.

—¿Ah, sí, y qué es lo que ves?

—Que me estás usando.

—Pagando, querrás decir.

—Específicamente, ¿por…?

—Hacer tu trabajo sin que me cueste trabajo.

—¿Te está costando?

—No te voy a contestar.

—Acabas de hacerlo.

—No te confundas, Iván.

—Mira, es muy sencillo. Yo escribí un libro, por así decirlo, blanco. Tus sugerencias son todas negras. Por lo tanto, va a resultar una obra gris: normal; no estoy confundido.

—¿Y si quiero que mi libro sea negro?

—Que te lo escriba Daniel. Creo que ese es el color de su cabello, según él.

—Eres un idiota.

—Escuché ideota.

—Ven acá…

—¿No que ya te ibas?

Uñas color futuro

Orloff no siempre estuvo conmigo; detrás de mi mejor amigo existe una palabra: Nadejda. Y detrás de ese nombre, una forma de inmortalizar la sala de llegadas internacionales del aeropuerto. Nadejda esperaba a alguien…

En lugar de rostro, tenía el contexto exacto para sus gafas, rodeadas de misterio rojo y lacio; en vez de tono de piel o carnosidad de labios, había una complicidad a muerte con los contrastes y la velocidad a la que llegaba mi asombro; Nadejda y su manera de no sonreír. Piernas, nalgas y caderas que llegaron al mundo para ajustarse los jeans como nunca nadie supo ajustarse un sueño. Cintura breve y, bajo la blusa simple, el atardecer en un viñedo y cada teta en una copa de champán. Empeines largos, ajustados a las correas, suelas de tacón bajo; talones, podría decirse, ligeramente sonrojados; dedos largos y uñas pintadas color futuro.

Nadejda merodeaba cerca de mí con actitud de quien recuerda algo pero decide guardárselo. Sentí un ligero vértigo en el vientre, semejante al pánico escénico. Quizá porque de pronto su presencia, tan a mi lado, convirtió el espacio en escenario. Su cercanía irradiaba una corriente energética lo suficientemente obvia… obligándome a actuar:

—¿Esperas algo o a alguien? —le pregunté.

Su voz era un espejo tibio. En las palabras que dijo, oí la temperatura de sus curvas, la firmeza de sus

muslos, la armonía de sus facciones y, además, percibí
en su aliento la irreparable posibilidad de otro yo.

Me contó que venía a recibir a su padre. Anoté
en un papel el número de mi teléfono y la siguiente
frase: "Supongamos que algún día me permitieras escuchar el sonido de tu mirada".

Los pasajeros empezaron a salir. Las familias
recibían con júbilo a sus viajeros. Algunos les entre-
gaban una flor, otros más intercambiaban lágrimas.
Un viejo ruso, con su mochila atada a la espalda, llegó jalando, ayudado por dos empleados del aeropuerto, un par de jaulas en cuyo interior había dos montañas velludas y jadeantes. Nadejda se adelantó hacia
él, se paró de puntillas para abrazarlo. Se saludaron
en ruso, estrechándose con fuerza. El viejo le quitó las
gafas para verle los ojos… pero, un segundo antes de
dejárselos mirar, ella los dirigió hacia mí. Nadejda le
ayudó a arrastrar las jaulas de los perros gigantescos y
la miré alejarse entre el gentío.

Una mano tocó mi brazo: Amelia. Claro, a eso
había venido yo, a recibir a Amelia. Amelia, Amelia,
Amelia… mi amiga que antes de casarse decidió ve-
nirme a visitar.

Las paredes de mi departamento saben convertirse en agua, el techo en nubes y mi cama en costa. En cuarenta y ocho horas, mi querida Amelia llevó
a cabo lo que no podría hacer el resto de su vida.
Su prometido era un pastor de la Iglesia de Norue-
ga, Den norske Kirke. Partir hacia el país nórdico le
quedaba a mi amiga, siempre más ávida que desnuda, a una semana de distancia y a una eternidad de

decencia. Por eso fue que la ayudé a acomodar sobre el suelo, el futón, el lavabo, la estufa, el escritorio y las almohadas, su larga y afanosa despedida, su añoranza de llevarse a Oslo un recuerdo mexicano, bien adentro, para que, inmersa en la lengua bokmal, lo siguiera saboreando exclusivamente en español, para siempre de los siempres: ¡amén, carajo! Amelia salió de mi puerta con el caminar triste de quien sabe que le espera una vida feliz.

Lo que sabe y lo que sé

Iván sabe que mi vulva se humedece en cuanto se me acerca. Sabe introducir su glande hinchado entre mis labios vaginales y hacer giros lentos con los que me abarca progresivamente, hasta suplicarle y clavar su longitud de tal forma que chillo. Su verga densa e insaciable sabe untarme en la lengua el sabor de mi humedad.

Sabe que mi risa es anticipo de mi ropa tirada. Sabe pasar sus manos entre mis muslos, recorrer sus yemas por mis ingles, sabe no tocarme. Sabe endurecer mis areolas con su respiración. Sabe arrodillarme hasta que el semen escurra entre mis labios. Sabe hacerme caer con los codos sobre el colchón, tomar mis caderas, meterse suave y duro, lento y fuerte, rápido y brutal, endulzarme, amenazarme, asustarme con palabras y frases; escupir y entrar a donde jamás me hubiera imaginado y hacerme vibrar, gritar, salpicarle los testículos, mojarle los muslos.

Sé hacerlo esperar. Desesperarlo. Encabronarlo. Torcerle sus frases escritas, ponerlo inseguro, encogerlo, agrandarlo, apasionarlo y desquitarse entre mis piernas. Sé que sus mejores párrafos provienen directamente de los choques entre mi carne y la suya, de su manera de venirse en mis pechos, en mis pies, sobre mi rostro; de mi forma de entregarme vulnerable, agresiva, demandante, improbable, orgullosa y guarra.

Sé darle y quitarle el poder y el control. He ahí la esencia de nuestro dulce error. Sé vestirme de puta y dejarlo con las ganas. Sé vestirme de monja y llevármelo al infierno. Sé hacerme la doña, hacerme la porno. Sé lamerle el sudor, las lágrimas, acomodar su verga dura entre mis dedos, mis labios, mi culo, mis pechos, mis pies. Sé ordenarle que me suba y me baje, me abra y me cierre, me colme y me calme, me surta y me ensarte.

Sabe dilatar mis venidas, delatar mis entradas y mis salidas, sabe hacerme a un lado el calzón y poseerme, vestida. Sabe taparme la boca en el baño de mi oficina, sabe echar el asiento del carro hacia atrás y montarme sobre su pene que sabe esperar hasta que yo desespere, me despeñe, me despeine. Sabe pasar su lengua por donde no se dice y lamerme todo lo que no se hace. Sabe enfilarme hacia un orgasmo tras el otro y terminar hasta acabarme.

Sé que Daniel sabe lo que no sabe. Pero lo sabe sin saberlo y yo lo dejo que me coja con su verga enorme y dolorosa que no sabe meter sin que me duela, lo dejo que puje de placer en mi vagina ausente. Lo dejo dejarme muerta, rendida. Pero sé que sabe, aunque no lo sepa, que no soy suya.

Iván me hizo adicta al sabor de su voz, su silencio, su sexo y quizás por eso tengo la dichosa certeza de que soy una exquisita bomba de tiempo.

All you need is liubov

Quince días después, una voz en mi teléfono dibujó el universo: Nadejda.

—¿Me acompañas a pasear a los perros?

Quedamos en vernos en el Parque México. Llegué puntual y ahí estaban sus gafas, su misterio lacio, los jeans que la contenían y dos cerros jadeantes.

—No dudes en acercarte. No atacan sin que les dé la orden. Deja que te huelan.

Me dejé identificar por narices mojadas. Nunca había visto hocicos tan grandes. Olisqueaban mis bolsillos, mi cintura, mis manos. Nadejda se quitó las gafas y esbozó una melancolía. Miró mis ojos y yo los suyos. Caminamos y, por sacar a pasear una frase, o por frasear un paseo, le dije:

—Invitemos a cenar a tu padre.

Mi frase desembocó sin daños ni prejuicios en una casa en la colonia Condesa: entornando un gran portón de acero, entramos a un patio rodeado por tres edificios. Al entrar había una fuente y más allá, una construcción de un solo piso. Nos internamos a una pelea entre ajo, pimiento rojo, lavanda y café quemado con dos habitaciones, un baño y una estancia pequeña donde se fusionaban la sala y el comedor. Sentado a la mesa, respiraba un libro en manos del hombre que importó a los perros más grandes que habían visto mis ojos. Nadejda nos presentó. Él tendió su mano. Hablaba el español. Y, conforme mis pupilas se ajustaban a sus cejas oscuras y pobladas, su escaso pelo blanco, su nariz recta y larga, bigote denso, barbilla pronunciada, dedos fuertes, callosos pero elegantes y voz de tundra, supe que además hablaba y escribía el francés, el alemán, el inglés, el italiano y el portugués. Palpitaba literatura, era un políglota cuya erudición sobre las lenguas no encontró aulas, ni alumnos ni viajes; el sistema soviético le ofreció la opción ineludible de congelar su talento para los idiomas en Siberia, empleándolo como guardia en la cárcel de Krasnokámensk durante años frígidos y largos.

—Mi nombre es Yermak.

—Soy Iván.

Caminar en ruso por la Condesa, con Nadejda y Yermak, me engrandecía. Llegamos a un restaurante cuya cocina se especializa en el ruido. Los platillos eran exquisitos. Insistí de antemano en invitarlos. Lo hice (se los confesé) porque tenía bastante dinero en esos momentos, pues acababa de recibir el pago de una "autobiografía" que le escribí a un respetable hombre de negocios de Sinaloa para ayudarlo a que se postulara como candidato municipal.

El hielo suele romperse con cinceles, pero es menos afanoso hacerlo con la elocuencia del vodka. Y así lo hicimos. Le conté a Yermak que vivo de escribir asuntos que no tienen que ver con mi vida… y que en algunos casos, como el de la autobiografía en cuestión, no podía ni debía revelar los nombres de mis clientes por razones de integridad a mi oficio… discreción y seguridad; lo único que pude decirles fue que en la casa donde viví durante un mes redactando una vida llena de virtudes y despuntes de santidad había helipuerto, un pequeño zoológico con

veinte leones, cuatro jirafas, medio tapir y un elefante. Y también puedo revelar, les dije, que le propuse
al candidato (lo cual en su momento mencioné sólo
para ver el impacto de mis palabras en el rostro de
la muslona sentada sobre las piernas del sinaloense)
que regalara su autobiografía durante su campaña
electoral y siempre estuviera acompañado de un trío:
guitarra, tarola y acordeón, cantándole el corrido que
le compuse.

—¿Y cómo le fue al candidato con tu libro y
tu corrido? —me preguntó Yermak.

—Ganó las elecciones y su corrido es un éxito
grupero.

La risa del viejo era un tren lujoso, había que
abordarlo y mirar la vida desde su interior. En cuanto
lo conocí, supe que lo único que podría ofrecerle eran
historias. La exageración siempre acaba siendo más
corta que la realidad, pero al igual que la fibra en los
intestinos, ayuda al flujo en las conversaciones. Exa-
gerar ante Yermak era un placer compartido. Nadejda
me miraba con ojos de bienvenido a mi tiempo. Ale-
grar a su padre fue la entrada perfecta. La comida fue
un escándalo y la rematamos con un platito de bulla
compartida.

Caminamos de regreso a su casa, Yermak sacó
una botella de Gzhelka, tres vasos pequeños, los dis-
puso sobre la mesa y advirtió:

—Esta es la verdad embotellada.

Esa noche aprendí que somos lo que conta-
mos. Yermak construyó, a base de vocablos, una es-
tepa de hielo con muros infranqueables y barrotes en
donde los prisioneros eran obligados a caminar totalmente agachados, el torso hacia abajo, privados no

sólo de su libertad, de sus sentidos y del sueño, sino del habla.

—Yo tampoco hablaba, Iván. El guardia es el prisionero de los presos. El sistema, es decir, la fábrica de silencio, me castigó obligándome a callar por enamorarme de una estudiante llamada Prudence Sutcliffe. Me enamoré de su nombre, de la forma en la que miraba las cosas a su alrededor, la manera en la que sus ojos las liberaban del olvido. Prudence era una extranjera, nacida en Liverpool, estudiaba en Moscú, nos conocimos en la avenida Leningradsky Prospekt, a la salida de la academia de idiomas donde yo trabajaba. Y esto que te voy a decir, Iván, puede parecer confuso, pero desgraciadamente es muy claro. El amor no es un delito, pero la libertad, sí. Lo sigue siendo. Nombrar las cosas con palabras nuevas me tiñó de otro color, amigo. Y decirlas en otros idiomas, al lado de Prudence, inmersos en el caleidoscopio de las lenguas, no me hizo notable, pero sí notorio. Y eso se palpa. La alegría, la risa fácil, las pupilas serenas, dieron pie a algún comentario envidioso, a algún resentimiento, a carencias en común entre las soledades reaccionarias: una opinión, una sospecha, un eslabón se engarzó con otro y otro más, creando una larga e irrompible cadena, una condena —al viejo, como a mí, le gustaba girar las palabras—, y fui a dar a Krasnokámensk.

—*Za vashe zdorovye!*

—¡Salud!

—No fui juzgado ante un tribunal —continuó Yermak—, pues el delito iba más allá de los procesos jurídicos. Fui, diligentemente, invitado a servir a mi patria como un trabajador. Prudence me siguió hasta Siberia pero allá descubrió, con pena, que las

cosas son tal y como son; despojadas de significados.
Allá no es posible liberar a nada del olvido, senci-
llamente, porque allá la libertad no existe y por eso
nadie se acuerda de ella.

—*Za vashe zdorovye!*

—¡Salud!

—Al saberse embarazada, Prudence me avi-
só que se marchaba. Me enojé. La odié con toda mi
alma. Pero luego me di cuenta de que lo que detestaba
era mi vida. Prudence vino a la Ciudad de México; su
hermana vivía aquí... y en esta gran metrópoli nació
Nadejda... mi *doch*. Aquí mismo creció. Me está gus-
tando esta ciudad, Iván. Creo que nadie la entiende,
y eso es lo que más me atrae; la gente es alegre aunque
no lo sea, como si supieran que la vida es una broma.

—¿Y has vuelto a ver a Prudence?

—Nah. Ella regresó hace un par de años a Li
verpool con su esposo, un ingeniero yugoslavo. Esta
casa se la dejaron a mi hija... ¿Sabes lo que pienso?
Que ni a su madre ni a mí nos gustaría ver lo que se
nos fue de la mirada. Es mejor así.

Nadejda sabía hacer tatuajes en la piel del
tiempo. Y se dio cuenta, desde la policromía de sus
ojos, que lo advertí. No sé si por precaución o por
comedimiento, la voz poderosa de Yermak nos sacó
del universo que empezábamos a compartir.

—*Za vashe zdorovye!*

—¡Salud!

Los tres chocamos los vasos y bebimos hasta el
fondo. Los perros gigantes dormían a ambos lados de
la silla de Yermak.

—Te quiero preguntar algo, Iván —dijo Nadejda. Su padre y yo la miramos atentamente.

—¿Medio tapir…?

—Sí —respondí— los leones le comieron los flancos traseros. Vivía en una fuente, entre los nenúfares, asomando su trompa y sus pequeños ojos tristes.

Los ronquidos de los perros se oían graves. Las paredes de la sala y el comedor compartían repisas donde se posaban, amontonados y en desorden, varios libros y revistas. Solamente colgaba un cuadro: una máscara flotando detrás de una mujer. Más allá, en la cocina, bajo la luz de escaso voltaje, recargadas contra la ventana tras el lavabo, habían unas latas a modo de macetas: estragón, albahaca, orégano, perejil, y una pequeña cafetera de aluminio. El refrigerador viejo pensaba en voz alta. Si el cansancio y la desidia fueran muebles, serían los de la sala. La mesa del comedor, lastimada por los raspones de la soledad, era la única sobreviviente de tiempos mejores. Lo demás, incluidas tres tristes matriushkas, era igual que los libreros, disparejo, desordenado, percudido. En conjunto, la decoración contaba una historia de ausencia.

—¿Y estos perros? —le pregunté a Yermak.

—Son mis molosos, fieles y valientes; una raza con veloces reflejos de protección. En la cárcel se utilizan como guardias. Pocos se atreven a criarlos y a entrenarlos. No cualquiera es amo de un ovcharka; estos dos, los conseguí de cachorros y los crié yo mismo. Cuando finalmente pude irme de la cárcel, me los llevé a Moscú, ahí los entrené… y aquí estamos. Zhena es la hembra y Muzh, el macho. Ah… —suspiró el ruso, embebido en sus reflexiones—, es curioso cómo a mi avanzada edad empiezo a vivir de nuevo, Iván… aquí en tu ciudad.

—¿Y qué vas a hacer? —le pregunté.

—Dar clases de idiomas; posiblemente, criar ovcharkas.

Yermak llenó nuestros vasos una vez más.

—Lo siento, Iván… de aquí no vas a salir antes que el sol. *Za vashe zdorovye!*

Cuatro ojos se hundieron en mis poros, mi sangre, mi karma, mi esencia poliforme, mi mirar errante y dije:

—Mi historia mide tres palabras: "¿sí o no?". Soy el cuento de lo que cabe entre esos vocablos. Empiezo con un golpe. Y otro. Y otro más. Hasta convertirme en golpiza. Fui más golpiza que niño. Me tocó ser el acomodador de la ira de un hombre que no sabía quererse y llegaba por las noches a preguntar con las palmas. Primero a mi madre, después a mí. "¿Sí o no?, contéstame o te va ir peor…". Aprendí que afirmar me dejaba la piel enrojecida y negar también. Aprendí que guardar silencio amplifica y ensordece. El miedo al dolor físico me hizo salir de mi cuerpo. Supe que los muros infranqueables tienen entradas. Miré aquella pregunta de tres palabras arrastrar una persona… era una soga, un cepo clavado en mi padre. No me importaba el porqué; me curaba ir descubriendo el qué. El cómo. El cuánto. Me enseñé a anticipar. A distraer. A desviar. A que el aire está lleno de frases que puede uno arrancar para encauzar eventos; que las circunstancias flotan como barquitos de papel y decir es soplarles; empujarlas, sin agitar el agua, hacia donde mejor convenga que naveguen. Conocí que cada aseveración, cada amenaza, cada resolución, son arrojadas con mayor o menor ímpetu dependiendo de la fuerza magnética de nuestra asistencia al evento verbal; hay que saber estar, semi estar, estar de más o no estar en cada frase. Descubrí siendo un niño que las palabras en el viento se pueden leer antes que el golpe: se puede esquivar, detonar y desmoronar a tiempo lo que esté fraseado con la intención de herir. Advertí las gamas de las caras, los gestos, los ademanes, los silencios, los parpadeos, las expansiones y contracciones de iris que anteceden a quien va a decir u omitir algo dañino. Mi papá me legó una pregunta y sin saberlo ni proponérselo, me pasó una llave que abre las intenciones antes del verbo. Gracias a él encontré el acceso. Vivo de lo que él murió. Brillo con la fuerza que apagó a mi madre y concuerdo con Bob Dylan —concluí bebiendo hasta el fondo mi vaso de Gzhelka— en que la respuesta está en el viento.

Al viejo Yermak se le encendió la mirada y tarareó la balada como si fuera suya: *The answer my friend is blowing in the wind… the answer is blowing in the wind.*

Nadejda era un ir y venir, un entrar y salir: oxígeno en mis ojos, la respiración del esplendor. La forma en la que mi sangre se hace melodía. Su papá se daba cuenta desde la antena más remota de sus cejas, desde los surcos de su frente amplia, desde la presión de sus yemas en el vaso, que su hija guardaba espacio, no silencio, y al mismo tiempo iba calculando mis intenciones, cada vez menos discretas, de ir cabiendo dentro de su *doch*.

—Bebe, amigo, y cuéntame una anécdota que ilustre tu aprendizaje. Siento como si te leyera:

—Durante mis estudios universitarios —conté— un compañero y yo hacíamos un reportaje; videograbábamos la vida en el centro de la Ciudad de México. Yo era el reportero, él era el camarógrafo. De pronto ocurre algo insólito, no por extraño sino por cotidiano: una pandilla detiene un autobús de pasajeros, los obligan a bajarse a jalones, a empujones, golpean al chofer que les reclama, se suben al vehículo y uno de ellos lo conduce. A patadas rompen algunas ventanas y sacan sus brazos tatuados haciendo alarde de su impunidad. Esto lo captamos en la cámara —le digo a Yermak— y tomamos la avenida Juárez y luego Reforma, encaminándonos de regreso a la universidad para editar el material noticioso. Íbamos conversando mi compañero y yo muy animados cuando siento un golpe en la parte trasera de mi carro. Miro por el espejo retrovisor y era el autobús tomado por los pandilleros: "Ahí están, son ellos", gritó uno, asomado hasta la cintura por una ventana rota y señalando mi auto. Estábamos ante un semáforo, en rojo, con el tránsito muy lento y pesado, a la altura del monumento a Cuauhtémoc. Los asaltantes se empezaron a descolgar por las ventanas del autobús, navajas en mano, uno de ellos con una varilla de acero con la cual golpeaba mi cajuela. El policía de tránsito se hizo el desentendido, al igual que los conductores a mi lado. Nadie quería hacerse notar. Rodearon mi carro, se acercó el líder, rapado, con una gran cicatriz en el cuello y mirada de hoy te vas a morir. Mi compañero empezó a temblar, rogándome que acelerara pero no había modo de avanzar. Ahí —le expliqué a Yermak— sentí que se comprimió el tiempo, igual que cuando oía la pregunta "¿sí o no?", entonces abrí mi puerta y salí a darle un abrazo al líder: "Qué vergas se vieron, mis respetos", le dije. Uno de ellos, sin

un par de dientes y con tatuajes en el rostro gritaba,
"¡Hoy te mueres, puto!". Estaban a un parpadeo de
romperme el cráneo de un varillazo, clavarme hojas
de acero en el abdomen, la espalda, la garganta, pa-
tearme mientras me desangraba, asfixiándome en mis
borbotones, quebrar mis costillas, jalar a mi compañero y hundirle los fierros mientras suplicaba con su
mirada desorbitada de pavor y caía de rodillas con la
camisa tiñéndosele de rojo, tomar la incriminadora
cámara de video y hacerla pedazos contra el pavimen-
to, pero las palabras que tomé del aire y deposité en la
mirada confundida del jefe, fueron: "Me cae de ma-
dres que te admiro, hermano". Dije la frase tan fuera
del contexto que durante el brevísimo silencio en el
que sus ojos se clavaron en los míos pasé de víctima a
admirador, incluso palpé con mi piel la temperatura
de una amistad potencial. El sonido y la intención de
esas ocho palabras no admitían ninguna posibilidad
que no condujera hacia la concordia. Hizo una señal con la palma para que no brincaran al ataque.
Su pandilla recibió el comando como lo hacen los
perros. Le mostré la cámara, le puse el video de su
asalto, le enseñé mi tarjeta de estudiante y le dije que
quería compartirle a mis compañeros universitarios
su hazaña. "No sé por qué no te mato", me dijo,
"pero ya lárgate". Nos estrechamos la mano. Los pandilleros regresaron al autobús. Entré a mi carro. Olía
a mierda. A mi colega se le había embarrado el miedo
en los pantalones. A las pocas cuadras me temblaron
las piernas a tal grado que no pude conducir más.
Salí hacia una tienda, compré una botella de tequila y
entre mi compañero y yo nos la bebimos a pico, para
que se nos bajara la adrenalina.

Guardé mis palabras en los ojos grises de Yermak; depositarlas en personas propicias (también lo he aprendido) promueve alianzas que se interconectan en un lenguaje similar al que hablan los animales: minimalismo instintivo. Esa noche nació entre el ruso y yo una amistad honda y fácil.

Nadejda y yo descubrimos que en nuestras pupilas hay manos que se entrelazan, acarician y conducen; y así lo hicieron, sin remedio ni manera de evitarlo, teñidas por la primera mirada del sol.

—*Liubov* —dijo el viejo levantando su vaso. La expresión de su rostro cansado, sereno y adormecido, era idéntica a lo que su voz acababa de escanciar.

Liubov: la palabra amor, dicha en ruso, me pegó tan rápido que no me pude proteger. Nadejda lo notó, y el tiempo que duró nuestra relación supo esparcir ese vocablo en mi respirar y ponerlo en mis labios como si de verdad fuera nuevo.

Nacieron de la misma estrella

Esa noche, ayudados por la botella de Gzhelka, los tres nos conocimos a fondo. Al amanecer, Nadedja vino a mi departamento y entonces supe que lo que Yermak y Prudence sintieron al nombrar las cosas con otros colores, no solamente seguía vigente, sino estaba disponible.

Por un lado, mis dedos desabotonaban su blusa y por el otro, mis huellas digitales formaban nuevos laberintos. Mis ojos veían el espacio de la alcoba contener a Nadejda. Cada objeto, mis zapatos y los suyos, volcados sobre la duela de madera gastada, el edredón con la plumífera parvada de gansos en su interior, la taza vacía del café de antier, mis libros apilados al lado de mi cama, bajo el dintel de la ventana, el ukulele desafinado colgando de la pared, la foto enmarcada de mi madre pensativa y con el cabello volando, parecían cobrar un significado diferente, como si estuvieran hechos de materia íntima; eran silentes testigos de un instante en el que la vida me daba la oportunidad de volver a inventar el mundo, de nombrarlo con un lenguaje nuevo; la mirada de Nadejda era infinitamente incomprensible y hermosamente indispensable: una salvación a dos párpados, mirarla era completarme.

Dos realidades se disputaron la acción de mis dedos desabotonando la blusa de Nadejda. La acción de mis labios pactando impactos en los suyos.

La acción de mis palmas recibiendo su piel, la de mi lengua recorriendo el camino hacia la tiniebla y de pronto la luz interior. La realidad de un hombre descubriendo a una mujer y la realidad de un universo en expansión. No exagero si confieso que se alinearon las estrellas, los vocablos, las células, las nostalgias primarias, los reemplazos del cosmos, los capullos de la voz, las moléculas del karma y las cataratas del alma con el humo sabio del asombro.

Lo cotidiano, con la hija de Yermak, me parecía fascinante; y aquello, lo increíble, era cosa de todos los días. Caminábamos la ciudad, recorríamos tardes enteras sobre las sábanas, íbamos de paseo, probábamos bocados deliciosos, bebíamos licores desconocidos, entrábamos al cine, al teatro, a escuchar conciertos de rock, de música atónica, de música clásica… Era religioso acudir a la siembra de nuestro modo. Y cosecharnos empapados de admiración. Filtrábamos los sentidos por el tamiz de la carne y encauzábamos nuestro sexo en apetitos insaciables. Moríamos en cada intento de ser un solo cuerpo y resucitábamos gota a gota, poro a poro, cada quien en la piel del otro. Pero si solamente ponía mi mano en la suya, si no había goce, si no había besos ni euforia, igualmente me sentía el hombre más afortunado.

Salíamos muy seguido con su padre. Llevábamos a los molosos al campo. Íbamos a museos, restaurantes, sitios arqueológicos, pueblos fantasmas. Me resultaba curioso cómo mi chava descubría a dos hombres al mismo tiempo, a su padre y a mí. Las conversaciones eran intercambios entre tres que se empiezan a conocer. De vez en cuando ella le decía algo en ruso a Yermak, él le respondía y se quedaba melancólica, perdida dentro de su mirada. A veces lloraba porque sí. O por algo que yo desconocía.

Me fui dando cuenta de que ella lloraba, cada vez con mayor frecuencia, en medio de algún momento tranquilo, como en el interior del avión de regreso de Playa del Carmen, luego de una semana idílica: lloraba con una tristeza honda, como si no mereciera ser feliz.

—¿Qué pasa, amor?

—Nada... no sé por qué no me acepto a mí misma. Soy demasiado severa y crítica con mi propia vida.

Por más cariño y entusiasmo que le pusiéramos al presente, el pasado fluía profundo, cada vez con más fuerza. Era como si camináramos alegres sobre un lago helado y de pronto se quebrara el hielo.

—Estamos juntos, Nadejda —le decía con mi rostro pegado al suyo, pero ella me miraba triste, con ganas de creérselo.

Al poco tiempo nació una camada de cachorros; desgraciadamente Zhena, la perra, murió durante el parto. Nadejda me dijo que Yermak tenía una cría para mí:

—Es una sorpresa, supuestamente no debes saberlo.

Pasaron un par de meses y, efectivamente, el ruso se presentó en mi departamento cargando una bola de pelos con mirada traviesa y lengua jadeante.

—Este va a ser tuyo y tú de él. Llámalo Orloff —me dijo entregándome al cachorro— es el nombre del legendario diamante del templo hindú de Sri Ranganathaswamy, donde la piedra preciosa, antes de ser robada, según cuenta la leyenda, alguna vez fue el ojo de la deidad.

—Gracias, Yermak —le dije recibiendo al cachorro gris de hocico negro y ojos pequeños y brillantes. Ojos nuevos, inocentes y cariñosos que me decían "vine al mundo para ti". Estaba gordo, pachón, olía a pan, a bondad y sobre todo a principio. Me lengueteó la cara. Sus ojitos intensos no dejaban de mirar los míos.

—Son una raza fuerte. Protegen y defienden a su amo. Son ovcharkas, pastores muy celosos y dominantes. Desde ahora debes ser firme con él. Cariñoso pero duro para dejar en claro que tú eres el que manda.

Curiosamente, nunca tuve que ser firme con mi cachorro. Prácticamente no lo tuve ni que entrenar. Parecía entender mis deseos y mis comandos sin necesidad de gesticularlos o decirlos. Su mirada casi pedía disculpas por no ser una persona. Educar, pasear, cepillar y bañar a Orloff se convirtió en un placer cotidiano. Pasábamos horas mirándonos a los ojos. Dialogando en silencio. Jugando. Sus patas grandes y torpes corrían siempre hacia mí. A Nadejda le daban celos nuestros intercambios:

—Lo quieres más que a mí.

Lo llevaba a todos lados conmigo. Se dice que los pastores del Cáucaso no son perros de departamento, pues requieren mucho espacio para correr, pero Orloff y yo podíamos pasar tres o cuatro días encerrados, yo leyendo o escribiendo o acomodando el tiempo en los labios de Nadejda, únicamente sacándolo a pasear un par de veces al día para que hiciera sus necesidades... y no reclamaba. Orloff no ladraba ni exigía atención. Creció tanto como Muzh, su padre. Se convirtió en un gigantón muy fuerte y con un rostro enorme. Su pelaje era una combinación de gris, negro y café claro. Cuando otros perros le ladraban durante las caminatas en la calle o en el parque, Orloff se hacía el desentendido. Su inteligencia iba más allá. Sabía que su territorio éramos él y yo y eso no había necesidad de reclamarlo, ni de marcarlo. Tomábamos taxis, viajábamos en mi coche, en avión, a donde me fuera llevando el verbo cobrón. Mi condición para hacer viajes de trabajo, o de placer, era que Orloff estuviese incluido y nunca hubo objeciones. Quien nos veía, notaba que éramos uno y el mismo. Jamás le ladró ni le gruñó a nadie. Bueno, muy rara vez, como cuando conoció a Daniel Bruno y le peló los dientes, pero supo acatar mi orden y desistió.

De pronto. Como lo definitivo. Como lo inevitable. Amanecí sin cara ni manos, ni venas. Las paredes me miraban, la puerta se plantó cual lápida. Te fuiste, Nadejda y sentí como si mi cuerpo nunca hubiera sido mío, me quedé sin poder despertar de una realidad rota, exenta del cariño de tus manos, sin la luz que sabes esparcir en mí... tu mirada y la mía nacieron de la misma estrella, nos reconocimos al vernos... pero tu rostro hermoso, perfecto, me miró hundirme y se cancelaron todos los vuelos al interior de nosotros. No entendí el llamado que hacía tu sangre... no entendí la paradoja de llenarme de ti mientras te ibas. Mi estado de gracia se mutó en estado de salud. Deplorable. Por más que dormía para evadirme, despertaba cansado, hastiado de mi propia respiración, me pesaba cada poro, miraba mis manos como si fueran seres ajenos al mundo y el techo de fondo... imperfecto, repetitivo, incapaz de abrirse, paralítico y mudo detrás de cada parpadeo, cada objeto a mi lado enfatizaba el volumen y el peso de tu ausencia, el cepillo del cabello, el plato con cáscaras de naranja, la chamarra en el suelo... la música no me reconocía, me quedaba en el umbral de las canciones, a la entrada de mi silencio, sentado al borde sin poderme desbordar. Llorando un llanto seco. Nadejda mía, ¿por qué? ¿Cómo competir contra tu soledad? ¿Con qué estrategia? ¿Con cuál frase? ¿Con qué truco?

—Nadejda es frágil, Iván... no tuvo a un padre, no estuve en su vida... y de pronto lo tuvo todo. Se asustó. Ahora tú debes seguir adelante.

—No puedo... es que, aunque suene cursi y ridículo, te juro que la amo.

—Cada historia de amor tiene sus propias reglas, su tiempo, su peso. El amor duele más que la muerte, *druk*. Ven, vamos a pasear a los perros.

—Es tu hija, la perdiste tú también...

—Nos perdimos. Esa es nuestra historia.

Nadejda me dejó. ¿La llamó su sangre inglesa? ¿La llamó la ciudad natal de su madre? Se fue, supongo a encontrarse a sí misma, supongo que a perdonarse, a quitarse la autoseveridad de encima, a arrancarse los sentimientos y no morir sobredosificada; puso un océano de por medio. Se marchó a Inglaterra, a Liverpool. Y punto.

Su ausencia o, mejor dicho, su presencia lejana y metamorfoseada fue herida fresca durante mucho, mucho tiempo. Y es que cada tarde hubo un giro de carne y alma que nos propulsó hacia la luz más luminosa del deseo. Quizás lo que más falta me hacía era la manera en la que le temblaban las piernas cuando nos encontrábamos ante la inminencia de lo glorioso, pues sabíamos hacer mucho más de lo que imaginábamos o presagiábamos. Ese estremecimiento, ese leve detalle físico, por alguna razón, representaba mejor que nada mi nostalgia por ella. Y me dolían detalles inexplicables como no ver su forma de cortar el pan: fruncir el entrecejo muy seria, como si hendiera un bisturí en una operación a corazón abierto. Únicamente los ojos sabios de Orloff y su lengua camarada supieron la forma tan profunda en la que Nadejda dejó un hueco en mi colchón.

Contigo estoy, contigo soy, por ti he nacido. Mi lengua lame el amor que mana de tu herida. Mi lengua lava la tristeza que gotea de tus minutos. Mi lengua arropa tu alma rota. Mi lengua es medicina curativa. Mi lengua es la única luz que te baña. Mi lengua es lo que estoy aquí para darte. Mi lengua es un lenguaje hecho de manos maternales y tardes sin final. Mi lengua es frazada mientras duermes el sueño que te falló.

O cambias de esposa o cambias de gustos

Agripina Armondo, Investigadora Privada. Eso se leía en la tarjeta de presentación de la profesional en cuyo despacho se encontraba, sosteniendo un sobre color manila, con el gesto contrariado y la piel cenicienta, el "inventor" de Martha Marmolejo.

—Como le decía, señor, desafortunadamente las evidencias son inconfundibles. Vaya, ni siquiera se preocupan por cerrar las cortinas del departamento. Ahí tiene usted las fotos. Sinceramente, lo siento mucho.

—No se disculpe. Agradezco su profesionalismo. Esto me va a servir. Solamente le recuerdo que…

—…despreocúpese, me especializo en figuras públicas. Guardo con celo la confidencialidad de mis casos. Mi reputación va de por medio, señor Bruno.

El hijo de Bárbara Bruno (y… ¿quizás de un tenista?) le pagó a la investigadora y salió del despacho punzado y agrietado por las manecillas de todos los relojes del mundo. Por qué tuvo que llegar. Justamente cuando su médico le auguraba al menos diez o quince años más de vigor. Por qué sentir que de pronto nunca fue suficiente. Para Matis. Su Martha. Su trofeo. Por qué tuvo que llegar. Luego de tantos años de servicio a don Cástulo, lo justo era ganarse a su hija. Ese bombón de mujer. Inteligente. Bella. Sensual a rabiar. Construirla. Constituirla. Enseñarle las delicias del mundo. Por qué tuvo que llegar alguien más joven. Cómo le estorba la juventud a quien no la tiene. Alguien con la risa fresca. La mirada ilimitada. Alguien con el cinismo nuevo. Alguien con un abrevadero vital. Lúdico. Ideal. Estupendo. Genial. Alguien incomprensible para Daniel. Por inentendible por inabarcable por inaccesible por inacabable por invencible. Alguien como el león joven que trota en la sabana, aproximándose veloz, convencido, y se bate con el león viejo al que destierra y deja moribundo, quedando al frente de la manada. Por qué carajos tuvo que llegar. Desde el momento que vio a Iván en los ojos de Martha cuando lo nombró por primera vez, escuchó el rugido lejano de su sucesor. ¿Sucesor? Pero si aquí tenía las pruebas. ¿Qué iba a hacer con toda la fama y la gloria de Marha Marmolejo? El futuro de Matis estaba en sus manos. ¿No sería más bien el pasado? ¿Y los planes? ¿Y las casas? ¿Y los viajes? ¿Y mirarla feliz? ¿Y ser el mejor proveedor del mundo? ¿Y darle más éxitos y celebridad? ¿Y ser el inventor "hasta que la muerte nos separe"? Por qué endemoniada razón tuvo que llegar Iván. Con toda su arrogancia y altivez. Lo único que tenía a su favor era el plan detrás del plan de reinventar a Martha, el voy de regreso mientras ustedes van de ida. Aprender a vivir sabiendo que otro lo ultrajó, lo robó, le bañó con semen su obra maestra: la escritora más leída de México. Aprender a vivir sabiendo que, en el mejor de los casos, recuperaría una mujer enferma de hombre nuevo, aceptar que, a pesar de las manchas imborrables en el honor, recobraría a Martha: su única y verdadera posesión.

La semana pasada me comentó, a solas, así como para medirme:

—¿Te confieso algo? No me gusta cómo miras a mi esposa —y le respondí:

—Tienes dos alternativas: o cambias de esposa o cambias de gustos.

La mayoría de las veces no mido lo que digo y hablo por el placer de jugar con las frases. No me di cuenta de que acababa de declararle la guerra al caballero de la cabellera guinda.

Una consistencia densa y fibrosa

El lanzamiento de *Haz el Amor y no la Cama* fue un éxito rotundo. Y no sólo eso… la imagen de Martha Marmolejo se expandió hacia horizontes más lúdicos, más íntimos. "Martha, la Redentora Sexual", "Primero nos devolvió la autoestima, ahora nos devuelve la piel". La critica la acogió con más entusiasmo que nunca. Las entrevistas en los noticieros mostraban una Martha más alegre, menos solemne, juguetona. En su programa La Hora del Espejo con Martha Marmolejo analizaba los tópicos del libro con sexólogos, swingers, fetichistas, personas adictas al sexo, hacía controversiales debates entre sacerdotes y prostitutas, Martha e Iván se divertían más que nunca. La relación entre ambos se solidificó luego del incidente de Acapulco. Ella lo aceptó como un hombre libre y él la recibió como antes, deleitándose juntos como si nadie más se hubiese deleitado, untando la exquisita diferencia de sus edades en las paredes de su departamento. Caminando con Orloff en el parque. Un fotógrafo de revistas de la farándula, frecuentemente le tomaba fotos a la pareja y al perro. Los asistentes de Martha, preocupados, le mostraban los artículos chismosos, pero ella no les daba importancia.

—Esto se llama publicidad gratuita, tontillos. Está perfecto causar polémica; un poquito de chisme, de intriga, nos ayudan a vender.

Ella estaba acostumbrada a ser una celebridad. Además en ninguna foto se mostraba nada que la incriminara.

Daniel Bruno miraba, distanciado, herido y maquiavélico, el enorme triunfo del libro al que se opuso terminantemente. El inventor ya no era él. Iván llevaba la batuta. Por ahora, esperar era la mejor estrategia. Dejar que las cosas tomaran su tamaño y su peso. Permitir que las circunstancias se mostraran, confiar en sus intestinos y mantenerse al margen, invisible. Esperar es un arma que sólo un buen estratega sabe calibrar. El sobre color manila estaba guardado bajo llave en su casa. Aguardando el momento ideal.

El excremento de un mamífero, específicamente el de un perro que se alimenta a base de una dieta balanceada, como es el caso de las croquetas hechas con carne, vegetales, arroz y garbanzos, suele tener una consistencia densa y fibrosa. Por lo regular, un perro defeca en promedio dos veces al día y, si está debidamente entrenado, lo hace en el mismo sitio; ya sea durante sus paseos o en el patio, la terraza o el jardín de la casa. Cuando un perro domado obra en un lugar distinto, por ejemplo, dentro de la casa, por lo general esto significa que el animal está ansioso y quiere llamar la atención de su amo o de las personas que le rodean.

El finísimo zapato de cuero de Daniel Bruno, de prestigiosa y elitista marca, fabricado artesanalmente, cien por ciento a mano, penetró de punta y de lleno el montículo pastoso de materia fecal que Orloff dejó, a manera de reto y sin que Iván lo advirtiera, en el estacionamiento de la empresa; la piel elegante y delgada del calzado del gerente general absorbió la plasta nervuda, húmeda y maloliente: Daniel Bruno tuvo que quitarse la zapatilla y soltarla en un basurero. Ahora sí, la guerra había empezado.

Arrrr…

Durante una reunión de trabajo en una tormenta de ideas para el programa semanal, uno de los siempre amedrentados productores propuso un cambio de música para la entrada del programa, música clásica en lugar de la música electrónica que yo estaba sugiriendo. Y puso el tema: la sonatina para piano de Maurice Ravel.

—Esta sí es música —opinó Daniel.

Los empleados circundantes le sonrieron miedosos al dueño. Pero les duró poco la sonrisa.

—Cualquier sonido es música, si lo quieres escuchar —respondí.

—Es un decir, Iván —contestó Daniel.

Orloff levantó la cabeza dirigiendo sus pupilas imperturbables hacia los ojos del gerente general.

—Ese es el problema, Daniel. En los decires se encierra el estancamiento de las ideas.

Daniel lucía encogido, visiblemente cansado, apagado, sin la altivez de siempre y el color de su pelo, supuestamente negro, estaba más rojo que nunca.

—¿Y qué opina Martha de la propuesta de música clásica? —le preguntó el dueño a su esposa.

—Martha prefiere que Iván tome todas las decisiones creativas… Martha cree que está comprobado que son un acierto —dijo la motivadora célebre.

—Bien —concluyó el marido, esbozando una sonrisa de abuelo bondadoso—. Esta reunión ha terminado.

En cuanto salieron Iván, Orloff y los productores, Daniel le dijo a su esposa:

—Matis, quiero que sepas que he pensado mucho… y estoy muy orgulloso de ti. De tus logros. De tu sabiduría. Tu intuición infalible. *Haz el Amor y no la Cama* merece ser celebrado en grande. Admiro tu visión, tu creatividad y, sobre todo, tu convicción de no haber hecho los cambios que te propusimos. Ni hablar, definitivamente sabes lo que haces. Y para celebrarlo, nos vamos a Mónaco una semanita, a comernos ese espagueti con *foie gras* que tanto te gusta. ¿Qué tal?

Daniel advirtió la angustia en la sonrisa de Martha. Pero la pasó por alto y por bajo. La abrazó y le besó la frente. Una semana sin Iván iba a ser un verdadero suplicio para ella. Y sobre todo al lado de su marido con sus ímpetus de semental renacido. Lo que ella sentía últimamente por Daniel era un asco inconfesable. Arrr… No sabía, literalmente, cómo quitárselo de encima. Cada noche llegaba a su casa más que satisfecha por los encuentros con Iván y Daniel la recibía, abatido y visiblemente avejentado, con una botella de champaña, albornoz entreabierto y los efectos del citrato de sildenafil a la vista. Arrrr… Eso sí que era trabajar. A pesar de los esfuerzos, prefería no fingir cansancio o malestares físicos, por aquello de mantener equilibrada la balanza… Arrrr… No deseaba seguir despertando la desconfianza de su marido; sin embargo, Martha ignoraba que las sospechas no sólo estaban despiertas, sino en posición de ataque. Sabemos…

Arrrr… A los dos días del viaje de los dueños de Marmolejo, S.A. de C.V., volvieron las frases vampiro al teléfono de Iván. Sabemos que tú sabes… Era

una noche tibia en el Distrito Federal, él iba leyéndo-
las mientras paseaba a Orloff por el Parque México,
Sabemos que tú sabes que te vamos a… cuando apa-
recieron cuatro hombres atléticos, vestidos con ropa
deportiva. Cada uno llevaba un perro pitbull sujeto
con una correa de castigo. Pitbull 1: Sabemos que tú
sabes que te vamos a matar. Pitbull 2: Sabemos que
tú sabes que te vamos a acabar. Pitbull 3: Sabemos
que tú sabes que te vamos a atacar. Pitbull 4: Sabemos que tú sabes que te vamos a ganar. Arrrr… Los
cuatro canes se fueron acercando a Iván y a Orloff,
arrrr… intentando echar sus cuerpos hacia adelante
en un brinco de ataque. Sabemos que tú sabes que
te vamos a matar… pero sus amos jalaban las correas,
manteniéndolos parados con las patas de atrás, arrrr…
las de adelante al aire, detenidos en el salto que desea-
ban ejecutar con toda su musculatura. Sabemos que
tú sabes que te vamos a ganar… Orloff miraba a los
cuatro sin miedo en los ojos, arrrr… con la confianza
de quien nació para vencer. Sabemos… La enormidad
del pastor del Cáucaso se hizo patente en cuanto tensó
sus músculos y mostró sus dientes. Arrrr…

—Quieto —le dijo Iván acariciando su cabeza.

—Lindo perrito —dijo uno de los hombres.

—Parece como de peluche —agregó el otro.

—Así como para que jueguen estos un ratito
con él —comentó uno más.

—No sean malos —sonrió el cuarto hombre
atlético—. Aquí el amigo va a pensar que lo queremos contrariar. Discúlpalos. A estos señores les gustan los pleitos, deportivamente hablando, claro está.
Para eso entrenamos a nuestros perros… estos son de
batalla y no saben perder.

—Este es un perro pacífico —dijo Iván. Arrrr…

—Por supuesto —comentó el líder de los cuatro… sabemos que tú sabes que te vamos a matar…—. El respeto al derecho ajeno es la paz.

—Nada como el respeto para evitar que corra la sangre —agregó otro de los hombres. Arrr…

—Por ejemplo, si no respetáramos tu espacio, las cosas se pondrían mal, ¿verdad?

Los cuatro dieron dos pasos hacia Iván, arrrr… soy tuyo, tú y yo y estoy aquí para poder, aquí para tasajear, aquí para defender, aquí para vencer, aquí para inmolar… acortando las correas de sus pitbulls que echaban espumarajos de furia entre sus anchas y potentes mandíbulas… Sabemos que tú sabes que te vamos a acabar… Iván se puso en cuclillas, abrazando a Orloff para tranquilizarlo. Arrrr… soy tuyo, Iván, aquí para lograr, aquí para quebrar, aquí para hender, aquí para saldar… El perro gigante temblaba en un gruñido hondo y grave. Arrrr… Su amo le hablaba suavemente al oído, evitando que se lanzara al ataque. Arrrr…

—Como dice el libro ese que acaba de salir: *Haz el Amor y no la Guerra* —comentó el líder alzando la voz sobre los ladridos guerreros de los pitbulls.

—*Haz el Amor y no la Cama*, pendejo. No seas inculto. ¿Verdad que ese es el título del libro? —le preguntó otro de ellos a Iván—. Se nota que eres una persona leída, sabrás de lo que estamos hablando.

Arrrr… aquí para… te amo, quieto, Orloff, ya, ya va a acabar, se van a ir pronto… Sabemos que tú sabes que… demostrar… Arrrr… te vamos a ganar… Arrrr… aquí para… te amo, quieto… Sabemos que tú sabes que te vamos a... te amo, quieto... protegerte... matar... Arrrr... aquí... Sabemos... para... que tú sabes... Arrrr... te amo, quieto... que te vamos a... aquí para... Arrrr... Aquí para arrrr... acabar.... ti, mi amo... te amo... ¡aaaaarrrrrrrr!

Iván concentraba sus palabras en tranquilizar a Orloff; sabía que al primer arranque los cuatro perros de pelea se le irían encima. Tenía al cuarteto de contrincantes a menos de un metro de distancia. Era un verdadero milagro que el gran ovcharka se mantuviera quieto.

—Creo que el amigo entendió el mensaje. ¿No creen? —les gritó el líder a los otros tres haciéndose escuchar entre el entusiasmo guerrero de los perros.

—Yo, por si las dudas, se lo voy a decir con más claridad —vociferó uno de los hombres—. ¡Respeta el territorio ajeno!

¡Arrrrrrr!

Los hombres se fueron con sus perros, perdiéndose detrás de los árboles en el parque oscuro... Sabemos que tú sabes que... Orloff se echó en el pasto, jadeando, rendido por la tensión nerviosa... Sabemos que tú sabes que... Lo hubiera cansado menos pelear en vez de haberse dejado humillar, transgredir e intimidar de esa manera, pues cada célula de su cuerpo estaba hecha para no tolerar la más mínima provocación... Sabemos que tú sabes... Contradecir su esencia combatiente, revertir sus impulsos y su valentía, lo habían consumido... Sabemos que... No soportaba el peso de la arrogancia con la que lo provocaron esos pitbulls, la soberbia con la que lo acosaron... Sólo porque Iván se lo pidió, el ovcharka permaneció inmóvil. Sabía, relamiéndose los largos y anchos colmillos, que podría haber acabado con los cuatro. Lo sabía. En cuanto se puso de pie y empezó a caminar al lado de su amo, sintió la pesadumbre de su furia frustrada, le dio asco su inmovilidad ante el acoso, su lomo enorme se arqueó, detuvo sus ochentaicinco kilos: liberó una tos profunda, se arqueó de nuevo y tras un pujido hondo y grave, vomitó un charco de bilis: sabemosquetúsabesquetevamosamatar…

Mientras tanto, en su penthouse del edificio Chateau Perigord en Monte Carlo, Martha revisaba, desde su cama, metida bajo el edredón, su buzón de textos telefónicos. Iván no había respondido. ¿Y ahora por qué no me contesta?, se preguntaba haciendo a un lado la charola del desayuno que mal comió, en tanto que Daniel silbaba en el baño bajo la ducha. Le había enviado fácilmente unos quince textos y no había recibido una sola respuesta. Pero de pronto vibró su teléfono; nerviosa, buscó en la pantalla y leyó lo siguiente: "Ya no podremos vernos. Lo siento".

Durante los días siguientes, Martha le envió a su amante una cantidad innumerable de textos que no fueron correspondidos. Hervía de ganas de reclamarle a Daniel. Sabía que había ocurrido algo malo. Conocía el brillo de la venganza en los ojos del gerente general. Por las noches, luego de cenar y fornicar con su esposo, para no delatarse se encerraba en el baño, abría la regadera, devolvía el estómago y lloraba desamparadamente. Ni siquiera tomándose dos pastillas de Lexotán lograba conciliar el sueño. Los ronquidos de Daniel le parecían infernales. Y, además, el dueño de Marmolejo, S.A. de C.V., se despertaba, a pesar de su aspecto tan visiblemente cansado, como nuevo, risueño y con ganas de sexo.

Las horas eran eternas, los minutos aún más y los segundos, infinitos.

—¿A que nunca te habían cogido con tantas ganas? —le preguntaba Daniel envejecido y jadeante, empapado en sudor y con el rostro colorado.

Te perdono, Iván, mi amo, porque soy tuyo, porque eres mío, te perdono sin necesidad de que me lo pidas, te perdono sin juzgar tus acciones, sin juzgar tu pasividad ante el ataque, te perdonaría aunque no me alimentaras, aunque no me dieras agua, aunque no me miraras, aunque me abandonaras, aunque me golpearas, te perdono sin condiciones ni titubeos, te perdono porque nací para protegerte, te perdono por placer, por dicha, por generosidad, por derecho, por estirpe, por camino, por destino, te perdono sin pensar que te perdono, te perdono como se respira, como se abren los párpados, como asoma la luz, te perdono, te perdono, te perdono, te perdono.

Escribí mi carta de renuncia. La redacté con frases cortas. Al grano. Ver sufrir a mi querido Orloff fue más grande que su propia enormidad. (Arrrr...) Sellé el sobre y al día siguiente lo fui a dejar a la oficina. Mi renuncia iba dirigida a Martha: "Por medio de la presente, Orloff y yo renunciamos. Gracias por las oportunidades. Nuestra relación con Marmolejo, S.A. de C.V., ha terminado".

Me pasaba las tardes en la casa de Yermak. Llevábamos a nuestros ovcharkas al campo. Al ruso le gustaba ver a los dos perros, Muzh y Orloff, correr y jugar como si fueran unos cachorros. Había vendido a buen precio las demás crías. Al viejo y a mí, además de una amistad ya larga, nos unía el doloroso hecho de haber perdido a Nadejda. El tiempo, más que curar, deja cicatrices y recuerdos eventualmente habitables y ambos los teníamos y los poblábamos. Éramos, por así decirlo, compañeros de soledad, de abandono, de pérdida.

La Ciudad de México era el amor incondicional de Yermak; así compensaba la ausencia de su hija, convertido en un experto en su historia, sus calles, sus palacios, sus museos, bibliotecas, cantinas, cabarets, convertido en un auténtico cronista de la ciudad.

Una noche, de regreso de la casa de Yermak, al llegar al edificio donde vivo, me encontré con un reportero y su fotógrafo. Intentaron acercar el micrófono y la cámara, pero el gruñido de Orloff los paralizó de miedo. Se retiraron unos pasos y les dije:

—Si quieren hablar conmigo, hagámoslo en mi departamento con calma. A mi perro no le gusta que nos invadan el espacio, ¿de acuerdo?

Subimos a mi depa, les ofrecí un vaso de vino tinto y ahí supe que Martha había declarado en un programa en cadena nacional que yo era el escritor de sus dos últimos best sellers. Y no sólo eso, dijo, además, que próximamente nos presentaríamos juntos en la Feria Internacional del Libro para hablar del proceso creativo de sus obras recientes.

—¿Es verdad, Iván? ¿Escribiste tú *Haz el Amor y no la Cama*?

—Esa es una metáfora de Martha; lo ha dicho, seguramente, para llamar la atención… fui su colaborador, nada más.

—Muchos lectores se sienten defraudados, después de lo que ella reveló.

—Lo importante son los libros, no los escritores. Si el libro no defrauda, lo mismo da cómo fue escrito. Ella está vendiendo como nunca, ¿de acuerdo?

—Aquí hay gato encerrado, ¿no, Iván?

—Aquí lo único que hay es perro libre.

—He buscado a Daniel Bruno, pero se niega a darme una entrevista. ¿Por qué será?

—¿Por qué se niega, o por qué lo has buscado?

—Lo primero.

—Es un gerente general. Está por encima de entrevistas y polémicas. Es empresario, no figura pública.

—Sé de muy buena fuente que entre el empresario y tú hay mucha discordia; se dice, y me disculparás por mencionarlo así, que le bajaste a la mujer.

—En todo caso, se la subí. Le ha ido muy bien.

—¿Eres el amante de Martha Marmolejo?

—Soy uno de miles. La admiro tanto como el más ferviente de sus lectores.

—Cuando el río suena es porque agua lleva, ¿no crees, Iván?

—El río no suena: el río sueña, página cientoventisiete, segundo párrafo, *Haz el Amor y no la Cama*.

—¿Cuánto te pagaron por escribir para Martha?

—Querrás decir por colaborar con ella… Un salario proporcional a mis esfuerzos. ¿A ti te pagan por proyecto o estás bajo nómina?

—¿Le estás preguntando al reportero? Soy yo el que hace las preguntas.

—Has venido a mi casa a hacer puras respuestas. Así que las preguntas las puedo hacer yo. ¿Sabes cuál es la diferencia entre amar y querer? ¿A qué velocidad promedio viaja el semen durante la eyaculación?

—Tú me dirás: ¿lo sabe Martha?

—Daniel Bruno y Martha deben saberlo.

—¿Puedo tomarte una foto?

—Puedes.

El fotógrafo y el reportero se marcharon con vino en el estómago, bajos de entusiasmo y sin respuesta que valiera.

Recostado, miro los ojos infinitos y bondadosos de Orloff, la lengua noble, enorme, lengua caricia, lengua bautizo, lengua hermandad, lengua paz, lengua vida, lengua bálsamo, lengua universo, la miro bañar mi cara, mis brazos, mis dedos de exitoso y vulnerable redactor fantasma.

Jugué a crecer para no sentirme sola

—Me das asco —le declaró Martha a Daniel al regreso de su viaje— para que lo sepas, nunca he tenido un orgasmo contigo. Ya no te me acerques, ni me toques.

—¿Conmigo no has tenido un orgasmo? ¿Acaso con alguien más?

—Esa respuesta la sabemos mi clítoris y yo. Mi alma y yo. Mi libertad y yo. Tú no tienes derecho a preguntarme nada. Desde hoy, me declaro ajena a ti.

—Yo nada tengo que ver con la renuncia de tu escritor.

—Te conozco, Daniel. Tienes la mirada de cuando llegabas con mi padre a decirle que habías cobrado exitosamente alguna deuda. Nunca te amé, ¿lo sabes? Sólo jugué a crecer para no sentirme sola.

—Te siento muy confundida, creo que estás teniendo un *nervous breakdown.*

—Un ataque de lucidez, más bien.

En ese momento, Daniel estuvo a punto de abrir la gaveta de su escritorio y sacar el sobre color manila. Pero algo le dijo que era mejor esperar.

—Sé perfectamente lo que te está pasando, Martha. Y ¿sabes qué?, no lo voy a impedir. Creo que debes tocar fondo.

—Lo que debo tocar es algo que tú no tienes.

Daniel intentó esbozar una sonrisa de superioridad, pero su gesto exprimió un mejunje de rabia y miedo.

Saliva indeleble

Una monja. Una monja en el parque. Una monja en el parque con lentes oscuros. Una monja en el parque con lentes oscuros lamiendo una paleta de limón. Una monja en el parque con lentes oscuros lamiendo una paleta de limón y Orloff que se le acerca meneando la cola. Una monja en el parque con lentes oscuros lamiendo una paleta de limón y Orloff que se le acerca meneando la cola y yo que le digo hola, Martha. En el nombre del padre, del hijo y del espíritu santo. Me pidió que habláramos. Se disfrazó para venir a contármelo todo. Y para decirme que deseaba con toda su alma presentar conmigo *Haz el Amor y no la Cama* en la Feria Internacional del Libro. Era lo último, según ella, que me pediría.

—Tú lo escribiste, Iván; quiero presentarte como el autor que eres.

—Lo escribí para ti, por encargo.

—Pero son tus ideas, no las mías... lo reconozco.

—Pagaste por ellas; te pertenecen.

—Pagué para salirme un rato de mi vida... lo malo es que ya no quiero regresar.

—La vida es seguir hacia adelante, no hacia atrás.

—¿Sabes que Daniel fue a la editorial a hablar con los dueños para comprarles el tiraje completo de la nueva edición de *Haz el Amor y no la Cama* y evitar que siga circulando? Les ofreció mucho dinero, pero no se lo aceptaron.

—Nunca había disgustado tanto... es un halago.

—Ya no quiero a Daniel.

—No lo tengas a tu lado.

—Lo único que quiero es estar contigo.

—Soy la peor idea que se te pudo haber ocurrido, Martha.

—Sé que puedo hacerte muy feliz, Iván.

—Nadie puede hacer feliz a nadie más. La felicidad es individual.

—Podría comprobarte lo contrario: que es mutua.

—El problema es tener que comprobarla. Se antoja más probarla o, en todo caso, robarla.

—Quiero ser tu mujer. Empezar desde cero contigo.

—Mejor sé tu propia mujer, como en tus libros. No sé amar, Martha. Sólo me amo a mí mismo y a mi perro. Esa es la verdad.

—Después de tanto tiempo, creo que no has olvidado a la rusa...

—Viví y morí ese amor... Y me siento afortunado por ello.

—Eso no fue amor. El amor es creación y créeme que yo te puedo crear y crearnos un mundo nuevo.

—Amar es no tener que convencer a nadie. No se explica, ni se debate, ni se ofrece. Se padece o, en el mejor de los casos, se contagia. Ugh, me asquea mi cursilería.

Obviamente pasamos a mi departamento. Para hablar con más calma. Hablando se desentiende la gente. En el fondo lo único que había que entender es que este era un adiós. Y que utilizaríamos el espacio entre el alma y el colchón para despedirnos. Para decirle hasta nunca a cada palmo de nuestra piel. A veces la piel se enamora más que uno y hay que acudir al puerto donde se halla la barca de oro: no volverán mis ojos a mirarte, ni tus oídos escucharán mi canto...

¿Qué tan memorables deben ser los adioses? Qué demonios importa. Simplemente me salieron ganas de ser recordado. Egolatría pura. Hacerme inolvidable como las mejores canciones, las mejores frases. Impregnarme en las paredes de la inconciencia. Meterme a lo más hondo de Martha Marmolejo. Acomodar la generosidad de sus muslos, menear los atrevimientos de su cadera, lamer sus pechos, enrevesar sus derechos y encaprichar sus deberes, humedecer sus labios con saliva indeleble. Alterar sus esencias. Colmar sus carencias. Grafitearle el asombro con indecencias, deleitarla y deleitarme con opulencias y robarme entre sus gritos y clamores, todas y cada una de sus pertenencias cias cias cias ¡cias! ¿Quién carajos me creo? Martha es una mujer hermosa, genial, elegante, sensual como nadie, y yo, por lo visto, un simple gigoló vestido de palabras. Ella se ha enamorado textual y sexualmente de mí. Yo no creo en el amor. Soy ateo de Afrodita. Después de Nadejda, nunca regresó el amor. Sólo el sexo. El sexo a manos llenas, a pierna suelta y a pedir de boca. Pero ojo, el sexo generoso enamora al cuerpo necesitado, revive a la carne desatendida. Soy un hábil carterista del encantamiento, soy un mago callejero, ¿dónde quedó la bolita? Fue fácil que Martha cayera y creyera, sobre todo con un marido que no la lleva a las orillas de la piel ni a los confines de la música. Soy un maquillista de suspiros, un seductor de tercera con una clienta de primera. La despedida fue un asalto a lengua armada. Fue un tedoyestopaquenomeolvides. Tan intenso, tan agudo, tan absurdamente suculento fue y tantas voces nos reventaron la garganta que mi querido Orloff aulló, expansivo como las ondas cuyo epicentro fuimos la cuarentona y yo yo yo yo yo...

Hacerse inolvidable es bueno hasta que uno desea olvidarse de ello. Si por mí hubiera sido, hasta aquí habría llegado esta historia (escrita por y para mí, que conste). Habría tenido un buen final. Aunque, lo admito, se hubiera quedado corta, flaca, débil. Una despedida de proporciones épicas y asunto terminado. Pero no. En realidad aquí es donde comienza. En este punto. Cuando las cosas se me fueron de las manos. Nunca me he ufanado de ser un chingón ni mucho menos, pero por otro lado, irme a la chingada no es lo mío. No se me da. Sé echar rollo y también sé desistir a tiempo... sin embargo esta vez no lo hice. Se me pasó la mano, se me pasó la lengua... se me pasó la verga... la expresión con la que Martha me miró cuando el silencio, despaciosamente, aquietó nuestros cuerpos fue de "ahora sí todo se vale".

Escribo para otros

Los ovcharkas correteaban y luchaban en el patio, brincando el uno sobre el otro, jalándose las orejas y los rabos con el hocico, amontonándose, tumbándose, pastoreándose. Orloff era un niñote, un elefante juguetón y Muzh, su padre, no resistía sus provocaciones, lo perseguía, lo empujaba al suelo, lo lamía, jugaban a pelear, a derrumbarse, a matarse. Yermak sacó la botella de Gzhelka, sirvió dos vasos y me pidió que le regalara una anécdota.

—No entiendo por qué no escribes para ti mismo, Iván. Cuéntame algo. ¿Sabes?, me gusta leer lo que aún no escribes.

—Okey, mi *druk*; ahí te va: inspirado en la despedida de Martha, y en las vueltas nalgonas y cachondas que da la vida. Te voy a contar algo que me ocurrió y fue altamente formativo. Algo que informó, a temprana edad, mi manera de estar en el mundo.

—Adelante, bebe y cuéntame: *Za vashe zdorovye!*

—Hay piernas —le dije— que cambian el rumbo de nuestros pasos. A mis catorce años de edad, los muslos de Idalia cambiaron y definieron mi camino. Eran las vacaciones de verano y mi padre me llevaba a trabajar a la fábrica por ser mal estudiante. Todos los días tenía que verificar que las cajas con piezas importadas contuvieran la cantidad de tornillos, buriles y balines que indicaba la factura. "Son piezas muy caras, chamaco, si te confundes, es mejor que vuelvas a empezar la cuenta", me advirtió mi supervisor. Yo las contaba del uno al tres mil, caja por caja. Luego las llevaba en una carretilla al piso de abajo, donde estaban las filas de tornos, polipastos y montacargas. Ahí las recibía, con mirada de desconfianza, un ingeniero llamado Otto Rhoer (a quien los empleados temían y apodaban "Oh Terror"). Era uno de tantos alemanes que trabajaban en la empresa. "Sólo porque eres el hijo de tu padre no te hago contarlas de nuevo delante de mí", se quejaba el teutón.

En el tramo hacia el elevador se ubicaban las oficinas de contabilidad detrás de un muro de cristal y en una de aquellas oficinas transparentes se sentaba Idalia, una secretaria con falda corta, piel morena y mirada que parecía estar siempre divirtiéndose. Una de esas mujeres que inexplicablemente tienen cara de estar desnudas (como mi musa acapulqueña, Migdalia).

El licenciado Guzmán, jefe del área, merodeaba sistemáticamente y con gesto de inconformidad a las secretarias y contadoras entrando y saliendo de sus cubículos. Idalia era metódica en su forma de apilar los papeles y pasar las horas inventariando la información de las facturas. Usaba lentes. Su cabello negro, lacio, le llegaba hasta la cintura. Cuando el licenciado no estaba por ahí, Idalia tarareaba canciones, juguetona y melancólica: "Pasa ligera la maldita primavera...". Levantaba sus ojos sobre los marcos de los lentes y me sonreía causándome miedo y emoción. Frente al muro de cristal de Idalia se ubicaban los baños y más allá, los elevadores y las escaleras. A veces la veía cruzar una pierna. Acomodar un muslo sobre el otro, sugiriendo con ese simple movimiento que existe algo grandioso, indescifrable pero plausible. Parecía casualidad al principio, mas se hizo evidente que el cruce de piernas ocurría en cuanto pasaba empujando mi cargamento de cajas. Al verla así, me temblaban las manos y las rodillas y acababa metido en el baño, dentro de un compartimento, descifrando si: ¿Lo hará adrede? ¿Le gusta que le vea los calzones? ¿Me los está enseñando? A mí. Me los enseña para que los pueda ver bien. Me los está. Está… está… ésta… es tá… Es. Tá. A. Aaaa.

Me enamoré. No tanto de ella como de la forma en la que terminaban sus muslos. No. Más bien de la manera en la que empezaban sus nalgas. Por ella. Por ella, ella, ella… la palabra "nalgas" cobró significado, vida, sentido, sentada. Me regaló para siempre esa palabra: el plural más singular. Pues se las vi. Todas. Toditas. Todititas. Me las enseñó. Claro que me las mostró. Me las puso contra la luz de la mañana. Así, para que se las pudiera requete mironear. Enteritas. Y se quedaron a vivir conmigo. Con mi manera de asombrarme. Con mi forma de cosechar la buena suerte. Idalia subía por la escalera. Yo arrastraba el diablo cargado de paquetes pesados. Idalia iba en ascenso. Se detuvo en el rellano después del primer tramo de escalones hacia el piso de arriba. Se volvió hacia mí, sonriente, desafiándome a no desviar los ojos. Sabiendo que desde mi punto de vista se le empezaban a asomar. Retándome a verla, lo que se llama verla. A vérselas tal cuales. A de veras echarles un ojo. Un sobre cayó de su mano. Y lo hizo. Lo llevó a cabo. Calculando que la miraría sin pestañear. Que se le verían de pe a pa. Encuerada de pronto. Que se quedaría impregnada en las mil y una noches de mí. ¿Las mil y una nachas? Así como así. Como si la minifalda no fuera el telón de su culo suculento. Como si no estuviera dando la vida por vérselas. Se agachó a recogerlo. Sabedora de mi ángulo visual. De que ninguna otra persona se daba cuenta. De que el momento era perfecto. De que sólo yo podía admirar su atrevimiento. Recibir su regalo. Contener su abundancia. Y sí. Era un hecho. Ahí estaban. Desnudas a más no poder. Desprovistas. Expuestas. Divididas en su profundidad por una mínima tanga blanca. Dos grandes verdades (la mera neta). Exuberantes. Exquisitas. Una y otra. Dos. Redondas. Vastas. Eternas. Generosas. Gloriosas. Glotonas y golosas. Muy pero muy dos. Advertí la frontera entre sus muslos: el misterio de sus ingles. La vi muy claramente. La vi. La vi. La vi. Por supuesto que perfectamente se la vi. Si ahí estaba yo puesto para poderla observar. Ubicado ante el escenario. Mira nada más. En esa frontera se me perdió la identidad, en ese embeleso quedé súbitamente deportado de mí mismo, de mi edad, de mis recursos, mis habilidades, mis capacidades; expatriado de cualquier vestigio de mi niñez. Las ruedas que venía impulsando tomaron rumbo propio con fuerza, si ahí estaban tan totales con la falda subida, asomadas al mundo, el diablillo encarrerado sin que mis manos lo detuvieran entró con brío, como balón que pega estremeciendo las redes y ella inclinada al máximo, empinada toda dizque a recoger el sobre entre una repentina lluvia de vidrio, confeti, un géiser escandaloso; el gran muro transparente se hizo pedazos, añicos, granizo. Llovían, llovían y llovían miles de diamantes destellando luces interminables.

Un corro de rostros furiosos fue cobrando nitidez. El licenciado Guzmán vociferaba en mi cara.

El ingeniero Rhoei emergía del elevador llevándose las manos a la cabeza. Mi padre me clavaba los ojos acercándose a pasos agigantados. Pero de pronto una mano. De repente una voz. Una palma tocó mi hombro y el aliento tibio de Idalia susurró en mi oído: "¿Estás bien, corazón"?

Yermak volvió a llenar mi vaso.

—*Za vashe zdorovye!* Eres un hijo de puta; si no escribes te vas a amargar.

—No soy escritor, Yermak, redacto para otros.

—Por lo menos inténtalo.

—Escribo por encargo. Seguramente fracasaría. Honestamente, me da miedo.

—Debiera darte más miedo no intentarlo.

—¿Y qué voy a escribir?

—Tus anécdotas. Lo que te ocurre. Cómo te ocurre… Si escribes de la misma forma en la que me cuentas tus cosas, tendrías un libro interesante.

—¿Lo leería alguien?

—Yo, por lo menos. Tus historias personales son mucho mejores que los libros de Martha Marmolejo.

—Sus libros se venden muy bien.

—¿Y eso te llena?

—Me llena la panza.

—He visto a Martha en la televisión y sí, es una mujer hermosa… Cuidado con el marido, Iván, estás jugando con hielo, y eso quema más que el fuego.

—Los maridos celosos. Podría escribir un almanaque de maridos celosos —le dije vaciando mi vaso de un trago—. Un marido celoso siempre llega tarde a la sonrisa de su mujer.

Soy un puto fantasma

Entrar y salir. Dos acciones simples. Vitales como la respiración. Entrar y salir de un baño, de un recuerdo, de una cloaca, de una duda, de un dolor, de una deuda, de un rumor, de una melodía, de una frase, de un silencio, de un viaje, de la madurez, de la pericia, de la política, de un contrato, de una sombra, de un salón, de un objetivo, de una mirada, de una sorpresa, de una alberca, de un susto, de una nube, de uno mismo, de un orgasmo, de un bocado, de un cuadro, de una pianista, de un piropo, de una contradicción, de un corazón tartamudo, del odio, de una calumnia, de una iglesia, de un burdel, de la casa de un narco, de la sonrisa de un mimo...

Salir y entrar a tiempo, a distancia, en puntillas, asqueado, arrullado, ansioso, acompañado, de la fama, de la ciega, sorda, muda, tonta e insistente celebridad que reviste a los famosos; entrar y salir con Martha Marmolejo es quedarse adentro y verla desde ahí; es mirar en los ojos de sus lectores y seguidores la adoración con la que la van puliendo todo el santo día entre a donde entre y salga de donde salga. Y yo a su lado. Y Orloff al mío. Y el pavor que les causa el pedazotote de bestia que me acompaña, y no muerde, no se preocupen, no gruñe, no ladra, no manches, aguas, y los asistentes de Martha que ponen cara de importancia. Y los reporteros que la acosan. Y los fotógrafos que la detienen pero ay, jijos, ¿no muerde el perro?, ¿es de verdad? Y ella que finge asombro y falsa humildad ante sus fans. Acomodadita en su burbuja. Autografiando. Posando. Agradeciendo. Aconsejando. Vamos en el desfile de Martha, ¿no hace nada el animal?, aunque camine muy quitada de la pena, la motivadora desfila. Ella es carnaval. Y a su paso la celebran. Le tiran frases como serpentinas. Martha no sonríe: irradia. No saluda: impacta. No escucha: concede. El muro infranqueable de su fama impide que yo me note. No me distingo ni aunque ella me presente, sólo notan a Orloff. Trae a su perrote la escritora, ¿ya vieron? Sí, es el que ha salido en la tele con ella.

Porque diga lo que diga, y ella lo sabe, durante varios minutos nadie la escuchará. Aunque mencione que hoy quiere revelarle al público, aprovechando el foro de la Feria Internacional del Libro en la sala principal llena de admiradores y periodistas, cómo nació la obra que ha venido a presentar y de dónde provienen esos capítulos que inundan las redes sociales con más entusiasmo y voracidad que sus libros anteriores, nadie la oye. Ni aunque hable pausadamente. La miran como si fuera una aparición. Y ven a Orloff, echado junto a mí… es el perrote que sale en la tele con ella, ¿verdad?… Como si vieran la tele. Como si la tele fueran ellos frente a ella. Como si la tele fuera Dios y ellos lo vieran. Y de pronto Martha me cede la palabra y yo, goloso de tamaña ofrenda, pego los labios al micrófono y digo:

—Soy Martha. Soy Martha Marmolejo de tiempo completo. A eso he venido.

Lo dije sabiendo que mis palabras le quitarían las calladas y ensordecedoras fanfarrias al silencio. Y así fue. Rostro tras rostro, el silencio se desescandalizó, haciéndose nítido, translúcido, nuevo. Propicio. La realidad regresó a las caras. Ahora sí, escuchar era posible. Miré a Martha para que hablara. Y la escritora más publicada de México confesó, sonriente, pensando que yo bromeaba:

—Como ya lo declaré ante los medios de comunicación, yo no escribí *Haz el Amor y no la Cama*. El autor es él —me señaló— y se llama Iván —los camarógrafos ajustaban sus lentes, inmortalizando el instante.

—Me llamo Martha. Soy la parte de ella que escribe cuando ella no escribe. Soy su sombra. Ella es yin, yo soy yang, somos fuerzas opuestas y complementarias dentro de un mismo proyecto llamado escribir.

—Contraté a Iván porque yo, honestamente, estaba en un periodo de sequía creativa —desmintió Martha, emocionada—, no es justo que se me adjudique el éxito de mis dos últimos libros. Él los concibió y los escribió. Lo único que yo hice fue…

—…verme escribir a mí misma —interrumpí con exactitud de trapecista—, escribir sin parar, aprovechando el aire fresco, la memoria ligera, la nueva yo que iba creando más rápido de lo que tecleaba. Somos Martha Marmolejo y este libro NO es nuestro… es de ustedes.

Poco a poco se encontraron las palmas de los concurrentes, ganando fuerza, celeridad, convicción. Agradecían, divertidos, lo que probablemente consideraban como un *happening*.

—¿Qué opina Daniel Bruno de todo esto? —irrumpió un periodista.

— Daniel es mi marido y mi socio… —dije—, su gran cualidad ha sido hacerme caso —agregué, causando risas nerviosas. Martha me miraba atónita. No encontraba palabras para desmentir ni corregir.

A esa pregunta la siguió otra, relacionada con los rumores faranduleros que circulaban en abundancia.

—¿Entonces, tú eres el amante de Martha Marmolejo? —inquirió una periodista con sonrisa de navaja. Martha intentó responder:

—Iván es…

Pero le gané:

—…como escritora, me amo más que nunca, estoy locamente enamorada de mis recursos creativos. Soy libre, soy libro, me invento y me reinvento las veces que se me dé la gana. Cada mañana soy una página en blanco.

Martha me sonrió con la mirada confundida. El moderador de la presentación, nervioso, anunció prematuramente, entre el tumulto ansioso y confundido, que la firma de libros se llevaría a cabo en esos momentos. Firmé una fila incontable de libros. Ella autografiaba primero y yo después, por ejemplo: "Para Edwinna Mariscal, con mucho afecto de Martha… y también de Martha".

—Estás totalmente loco, no doy crédito.

—Estoy mucho más cuerdo que tú, ¡créemelo!

—Podemos conquistar el mundo, Iván —me dijo Martha sin importarle que sus asistentes la escucharan y la vieran entrar a mi habitación.

—Déjennos solos —les ordené.

—El mundo necesita aceptarse a sí mismo, no que lo conquisten —le dije, a punto de perder la paciencia. Me enfurecía la humillación de no ser nadie, de no ser nada, de permanecer anónimo detrás de las letras y además tener que salvaguardar la imagen de una diva en plena crisis de identidad.

—Te doy todo lo que tengo.

—Ya me lo diste —le contesté.

—Nací para que no te falte nada... Lo que hicimos la última vez lo dijo todo, amor. Viajaremos a donde quieras, a tu manera, haré lo que me pidas, Iván. Déjame amarte.

—¡Ya basta! —le grité. Orloff estuvo a punto de atacar, antepuse mi palma y entendió el comando—. Te acabo de salvar de las estupideces que ibas a declarar. Entiéndelo de una buena vez, me contrataste. ¡No te amo! ¡Ni tú me amas! ¡Me pagaste bien! ¡Lo que pasó, ocurrió porque a la vida se le pegó su rechingada gana de que pasara! ¡Soy un puto fantasma!

—¿Sabes que con Daniel jamás he tenido un orgasmo...?

—¡Me vale un carajo! ¡Váyanse a una terapia de pareja a París, a Mónaco o a Dubai! ¡Estoy hasta la madre de tanta mierda! ¡Tu marido y tú sacaron de mí lo que quisieron, me pagaron bastante y asunto terminado! ¡Bastaaaaaa!

Cuánto necesitaba pegar ese grito. Estaba metido en un pantano de excrementos. Hundido en una realidad detestable. Me dolía, sí, lo admito... ¡¿y qué?!, me dolía cada estúpida palabra escrita para Martha, no por estúpida, sino porque no era mía. ¿Por qué me importaba? ¿Por qué no podía controlar mis sentimientos? De verdad me había afectado verla

engrandecerse con mis frases, como si fuera un pavo-
rreal, hacerse más y más célebre con mis párrafos, con
mis juegos de palabras y mis conceptos frescos que
¡además tenía que defender de su propia incapacidad
y del idiota de su marido! Leer en las redes sociales los
comentarios con los que la endiosaban, gracias a mis
oraciones, ver cómo sus lectores tomaban mis palabras y las compartían, dándole el crédito a ella, claro
está, para eso me pagó, pero el dinero no era suficiente; a pesar del sueldazo que me daban, sentía que me
robaban el alma, los güevos, me sentía traicionado,
¿por mí mismo? Hasta mi perro se lo adjudicaban a
ella, ¡carajo! Con las biografías que había escrito ante-
riormente nunca me pasó esto. Al contrario, me daba
gusto que los lectores las sintieran escritas por mis
clientes. Pero, claro, nunca antes mezclé tinta con semen, conveniencia con convivencia, papel con piel;
jamás le metí pasiones personales al asunto. Ese era
el problema. Antes escribía con la cabeza, pero ahora,
¡imbécil de mí!, por meter la cabeza de abajo en un
tintero privado, me acabé cogiendo a mí mismo. Eso
es lo que me encabronaba. Ni Martha ni yo pudimos
con el paquete. Debí haberme retirado en el momento en el que conocí a Daniel. Por algo lo odié instin-
tivamente. Por algo las enormes paredes blancas me
resultaron sofocantes.

Te sigo aunque no sepas a dónde vas. Aguar-
do aunque no tengas para cuándo hacerme caso. Te
quiero aunque no te quieras. Compromiso ovcharka.
Te entiendo aunque no te entiendas. Lo único que
importa es que soy tuyo, tú y yo.

Callar, aunque sea en francés

—No se acuerda —se lamentaba Yermak—. Estuve durante horas complaciéndola con todo lo que pude y resulta que no se acuerda de nada.

—¿Y no sería peor si se acordara? —le pregunté.

—No estoy de humor, Iván, te lo digo de verdad... hace años que no me acostaba con alguien.

—Pues creo que esta vez te acostaste con nadie.

—Gimió y tembló de placer. Conozco las reacciones, créemelo.

—El problema es que las reacciones no te reconocen.

—Es tan extraño, no lo entiendo.

—Claro que es extraño. Coger es entrar a una dimensión incalculable... nunca se sabe, mira en lo que acabé.

—Sí, pero que ella no se acuerde...

—¿Cómo sabes que no lo hace a propósito? Capaz de que te inventa eso para controlarte, capaz de que tú la controlaste y lo sabe y puede que sea alérgica a ser controlada.

—Ahora resulta que sabes de psicología.

—Bueno, si alguien me paga, me convierto en psicólogo y escribo un tratado acerca del poder y el control en el acto sexual, las acciones, los roles, las reacciones...

—Admito que lo hice sin ganas, un poco por compromiso, pues las circunstancias se dieron de tal forma que acabamos solos, tendidos en el sofá, pero pude… lo hice con calma, con fuerza y generosidad.

—Si no tienes nada que coger, no cojas —le dije a mi amigo con afán de liberarlo.

—No quiero desaparecer de mi carne, Iván. No estoy tan viejo. Ni siquiera estoy usado. El problema es que llevo décadas de estar como nuevo.

—Pues resuélvelo con alguien que acuda a tu estreno.

—¡Nadia estuvo ahí, debajo y encima!

—Pero no adentro.

—¡Por supuesto que sí!

—Hay mujeres que no son para uno y hombres que no son para nadie.

—¿Qué me quieres decir?

—Que no pierdas tu sexo con Nadia… con nadie.

—¿Entonces por qué me llama y me dice que le gustaría pasar una noche íntima conmigo? ¡Ya lo hicimos y no se acuerda!

—Lo hiciste tú pero ella no. Te está jodiendo.

—Actuó como que lo hacía. Demandó mucho esfuerzo de mi parte y estuve a la altura de sus peticiones.

—Más bien, hizo como que lo actuaba, Yermak. Quizás sí disfrutó y ahora juega a que te comas el cerebro.

—¡Qué cabrón! ¿Quién eres tú para saber esto? No me enredes con tus cantinfleos… ¡carajo!

—Tengo treintaidós años. Estoy en la edad en la que más se coge. No lo digo por pesado, lo digo por ligero.

—*Shalava!* Puta de mierda.

—No, amigo, el puto es uno por andar de cumplidor, y no con ellas, sino con uno mismo. No dudo que se haya dado cuenta de eso y ahora se venga, no de venirse, sino de venganza.

—Me esforcé con mucho cariño. Con entusiasmo y sin egoísmos.

—Las cosas no son así, querido *druk*. Esforzarse en la cama es anti-sexo. ¿Para qué quieres complacer a Nadia, para que te aplauda? ¿Para que le cuente a sus amigas que el viejo Yermak es un semental? ¿Que se hizo adicta a tu semen? Créemelo, si no se acuerda, mejor.

—Ay, Iván.

—Te angustias. No hiciste el amor, hiciste la angustia. ¿Quién quiere acordarse de eso?

—Ya… está bien. Veo por qué te pagan lo que te pagan. Creo que tienes razón. Voy a buscarme a alguien más.

—No la busques, encuéntrala.

—¡Y dale con lo mismo! Vamos a pasear a los perros.

—Vamos.

—Es más, Yermak —le dije mientras caminábamos con nuestros ovcharkas en el parque—: vámonos una semana a Zipolite. Yo invito.

—¿A dónde?

—Al paraíso, con todo y perros.

A Orloff le gustaba entrar al mar, internarse corriendo, brincar contra las olas, cruzarlas y dejarse arrastrar por la resaca. Muzh lo miraba desde la orilla, con las patas hundidas en la espuma. No se animaba a entrar, esperaba a que su hijo saliera y luego se iban corriendo a todo galope hasta el peñón, bordeando las olas y dando de brincos. Yo veía desde la hamaca, bajo la palapa, borracho de luz y de brisa, mientras doña Felipa me preparaba un cebiche de caracol y destapaba una cerveza helada.

—El abuelo francés no pierde su tiempo —me comentó la matrona de la playa, sonrisa pícara, acomodando el platillo exquisito ante mi apetito exacerbado por la cannabis pelo rojo que me había fumado con un policía militar.

—Es ruso —le dije— y habla muchos idiomas.

—Pues las francesitas esas no lo dejan ni hablar.

—A veces es mejor callar, aunque sea en francés.

Y es que el karma existe. Qué maravilla que exista. En el caso de mi querido *druk*, con la autoestima por los suelos luego de su desencuentro con la amante distraída, el karma giraba a su favor. En cuanto llegamos, Yermak dijo algo que hizo reír a dos veinteañeras galas que asoleaban su desnudez cerca de nuestra palapa. Conversaban en el idioma de la Piaf; en lo que me distraje dándole agua a los perros y desempacando mi ropa, ya los tres vivían la vida en rosa: lo invitaron a fumar hachís... yo supe hacerme a un lado y encargarme de los molosos. Yermak, tumbado sobre su toalla, compartía frases hilarantes e historias seguramente asombrosas con las marsellesas. Les untaba aceite, les invitaba cervezas. A partir de la primera noche sobró una hamaca en nuestra habitación. Orloff, Muzh y yo escuchábamos, en la palapa de al lado, bajo las incontables constelaciones del cielo, los intercambios de sensibilidades, la abolición de las edades, las maneras en que las palabras se hacían largas y escasas hasta tornarse en monosílabos repetitivos; me desvelaba la indiscreta elocuencia de los ángulos en cada triángulo que iban formando. Sin embargo, se elevaba la marea de mi bienestar al saber que mi amigo vibraba y las hacía vibrar.

El reajuste en la sonrisa de Yermak era evidente; Yermak y sus sirenas, Yermak y sus ninfas, Yermak y su comuna de tres, Yermak y su playa nudista, Yermak y su movimiento social, Yermak y su cuerpo desnudo, caminando de la mano de sus seguidoras. Yermak fue, durante una inolvidable semana, el viejo más joven del mundo.

Hay que saber llegar

—Tenés más fuerzas que un caballo —suspiró la porteña empapada en sudor.

Daniel sonrió para sí. No hay mejor ejercicio que darle carne al cuerpo, pensó. Se levantó de la cama a servirse un whisky en las rocas y meditar, calcular, armar escenarios en su mente, posibilidades, imaginar resultados… La prostituta secaba su piel con una toalla tras haberse duchado; guardaba su atuendo de colegiala en un maletín, sacaba una muda de ropa y se ajustaba los jeans mientras el empresario, desnudo y con el vaso en la mano, miraba a través de la terraza del Alvear Palace Hotel. Veía las luces de la ciudad en la que nació su madre. La brisa de Buenos Aires soplaba tibia. No era nostalgia lo que respiraba Daniel Bruno, sino una mezcla de familiaridad y melancolía. Y al mismo tiempo un aire renovador. Sentíase determinado. Decidido a nunca morir. A convertirse en un principio permanente. Habitar un solo instante: el que es llegada. Hay que saber llegar, cantaba José Alfredo, y eso es precisamente lo que Daniel lograría hacer. No había reaccionado como muchos temían que lo hiciera. Se mantuvo alejado, viajando, pensando, urdiendo su plan maestro. Puso distancia para ganar perspectiva. Y ahora tenía las cosas más claras. Mientras Martha, mediática y desesperada, se autodestruía haciendo declaraciones adversas a su matrimonio y a la empresa, Daniel pulía su estrategia. Daba órdenes por teléfono, llevaba la compañía como si no hubiera una crisis. Las ventas de *Haz el Amor y no la Cama*, continuaban en ascenso. El empresario aprovecharía el insoportable peso de los hechos; la locura, la infidelidad y la traición. Daniel sabía, mejor que nadie, cobrar. Ese fue siempre su gran talento y por eso don Cástulo Marmolejo tuvo lo que tuvo. Todos nacemos con una frase que nos define. La de Daniel Bruno era: "Lo que no se cobra, se paga".

La voz de la porteña sacó al empresario de sus pensamientos:

—¿Querés que vuelva mañana, cariño?

—Sí, pero vestida de niñera… eh…

—Alma. Me podés llamar por mi nombre.

Tú y yo juntos

Yermak estaba despejado. Después de enjuagar sus inseguridades amorosas en el mar abierto y expandir sus sentidos con las francesas que acudieron gustosas, espléndidas y entusiastas a su reestreno, se había convertido, definitivamente, en un exviejo. El pasado gélido, de una vez por todas, se le descongeló en las aguas tibias del Océano Pacífico. De regreso al D.F., nos despedimos con un abrazo ante el portón de la entrada de su casa. Muzh lamió mi mano.

—Voy a dormir dos días seguidos. No me despertará ni un terremoto. Gracias, mi querido *druk* —me dijo el ruso con ojos de mar y sonrisa de sueño.

Orloff y yo caminamos hacia mi departamento. Llevaba mi mochila de viaje atada a la espalda. El atardecer dominical era apacible, fresco y claro. ¿Cuántos mensajes nuevos de Martha tendría en mi buzón telefónico? ¿Cuántos textos? ¿Millones? ¿Ninguno? Qué acertado fue viajar sin teléfono. Desconectarme. Sabemos... Cero pendientes. Cero estrés. Cero necesidades de nadie vibrando en mi bolsillo. Sentía la dicha efímera de los despedidos de un empleo desgastante. Sabemos... La dulzura de no tener nada que entregar, nada que defender, nada que justificar, nada de nada. Estaba cansado y en paz conmigo mismo. Mi gigantón y yo caminábamos admirando las casas Art Decó, vi los calzoncitos de una chava en minifalda pedaleando su bicicleta, dos niños en patinetas frenaron y se quedaron atónitos ante mi perro. Caminábamos el mundo. La vida. El espacio. Sabemos que tú sabes que…

Yo también necesitaba dormir a pierna suelta, pues la felicidad de Yermak en la palapa de junto era ruidosa a muy altas horas de la noche. Pasábamos Orloff y yo ante un pequeño terreno baldío, mismo que mi perro aprovechó para aligerar las tripas, cuando un camión de mudanzas frenó con fuerza entre calle y banqueta, tapando el acceso y la visibilidad. Orloff levantó la cabeza. Tenso. Sintió. Sentí antes de mirar. Arrrr… Advertí antes de reaccionar. Corazonada. Miedo. Certeza. Emergieron del interior del camión los cuatro hombres atléticos, pero esta vez, cada uno deteniendo dos pitbulls de sus correas: ocho hocicos relamiéndose los colmillos. El terreno estaba rodeado de tres bardas altas. No había manera de salir de ahí. Ocho perros de pelea se acercaban hacia nosotros. Ocho pitbulls contra un ovcharka y cuatro atletas para impedirme hacer algo al respecto.

—Bonita tarde —dijo el líder—. Ah, chingá, lástima que no hayan testigos.

—Ta perrón el asunto, ¿no? —agregó otro.

—Y éstos se mueren por jugar con tu perrito de peluche —enfatizó uno más.

—No seas güey, es de verdá, írale los dientotes —añadió el líder, causando la risa de los cuatro.

Comenzaron a acercarse. Sonrientes. Sus antebrazos tatuados y tensos detenían el ímpetu asesino de sus canes. Escudriñé las doce miradas sin salida. Me arrodillé junto a Orloff. Besé su cabeza enorme. Abracé su lomo tembloroso que gruñía desde el fondo. No lo iba a detener. Ahora sí que no. No había frases en el aire ni recursos retóricos de ninguna especie. Nada que verbalizar. Olía a pasto, a tierra, a mierda, olía a muerte segura. ¿Dije muerte? No, rabia es lo que soplaba. Odio. Dolor, tan acre, tan denso, tan filoso, que la muerte empezó a oler a alivio. Antes de soltar a Orloff, murmuré en su oreja:

—Te quiero más que a nadie, cabrón…

Quité mis brazos de su lomo, los hombres soltaron las correas y vi a mi mamá acomodando flores en un jarrón. Miré el cielo reflejado sobre una charca: minúsculas ranas verdes, doradas, negras y anaranjadas trepaban cautelosas por el pasto de la orilla. Vi a mi padre llorar con la mirada perdida. Vi a mi abuelo cantar acompañado por un trío. Vi un ratón esconderse bajo la estufa. Vi un puñado de nieve en mis manos. Vi las risas de mis primos. Vi un anciano cortar una rosa en el parque. Vi la espuma del mar en mis tobillos. Cuatro pares de brazos me detienen, me estorba la mochila, mis movimientos son torpes, un puntapié me dobla, asestan puñetazos hasta dejarme sin aire, retorciéndome. Veo tu majestuosa estampa erguirse con uno de los pitbulls entre tus fauces; lo sacudes y cae sin moverse, sus ojos fijos y la rabia disipada, veo a los otros siete brincar como resortes, clavar sus puntiagudas hileras de marfil, tirar, desgarrar, inhabilitar, tronchar, despedazar, salpicados hasta la demencia de tu estirpe ovcharka, hechos para deshacer, desprender, descontinuar, destemplar, mutilar, desmembrar, descuartizar. Tu quijada enorme dentellea a diestra y siniestra pero la rapidez con la que tiran de tus testículos, machacan tus músculos y deshilvanan tus tendones subyugándote hacia el suelo es tajante, rotunda, aplastante. Tu hocico, sometido contra la tierra, simplemente se relame, entrecierras los ojos y un galope. Un galope veloz. Un galope veloz y silencioso. Silencioso y decidido. Decidido y corpulento irrumpe. Y se lanza. Ágil. Inmenso. Certero. Directo. Contra el amasijo de pitbulls. Ruedan los perros, deshabilita a uno con una tarascada en el cuello, se bate en escaramuza contra otros dos: en fracciones de segundo les fractura las patas. Desgarra la piel del lomo de otro con tal velocidad que cuando los hombres entienden que otro ovcharka gigantesco minimiza su pelotón de colmillos hasta casi darlo de baja, un par de tronidos me ensordecen. El viejo Muzh gira hacia los hombres. El viejo Muzh ladra hondo. Chilla agudo. El viejo Muzh trastabillea y se derrumba, tosiendo. A tu lado. Tendidos padre e hijo. Advierto que los hombres corren llevándose a sus pitbulls muertos y malheridos. Advierto que me miras, Orloff, con esos ojos que sellaron nuestro pacto allá en la pradera inmensa de Russell Country. Tu mirada se hunde en sí misma, como la tinta en el papel… me dices que abra mi alma, pones ojos cachorritos para caberme en el corazón… y te guardo aquí, conmigo, porque, ¿sabes qué?, cuando me vaya de este mundo… nos iremos tú y yo juntos.

Me quedo en las cosas que te cuidan y te quieren, que te crecen y te aportan, me quedo en el viento ligero que alimenta tus pulmones, me quedo, echado, en la luz que nace nueva, en el vaivén de las palabras, bajo el dintel de tu sonrisa, en las yemas de tus dedos, tuyo, tú y yo, espíritu ovcharka…

Poco a poco escucho mis latidos. Los ventrículos me empujan los tímpanos, mi sangre arde, estentórea. El aire regresa a mis pulmones. Oigo frases vociferadas en ruso. Veo a un hombre correr. Desgañitarse sin aliento. Elevar las palmas de sus manos. Inflamar las venas de su cuello. Me incorporo. Empalidece su rostro. No tengo palabras. Yermak se convierte en grito. Se arrodilla ante el cadáver balaceado de Muzh. Me tiendo junto a mi perro muerto. Ni una puta nube hay el cielo. Ni un alma en la calle. Ni un trino en el viento. Estoy viendo una película porque no puede ser cierto que los molosos yazcan sin respirar, que esta sangre manchada de polvo sea de los mismos que ayer corrían entre las olas, que el hombre que llora en voz alta, entre espasmos incontrolables, sea el mismo que escanció la dicha en las voces de las francesas, que el papá de Nadejda haya aparecido de la nada y su perro esté tirado en este mismo pinche terreno abandonado. No entiendo, ¿estaré muerto? ¿Será ésta la antesala de la nada en lo que mi cerebro deja de recibir oxígeno? ¿Será cierto que Yermak me habla en ruso sin darse cuenta? ¿Será que no entiendo ni una palabra? ¿Cuántas veces necesito parpadear para enfocar el suelo? Mis manos me miran. Entiendo, si, voy entendiendo, a pesar de la temperatura fría que se adueña de mi Orloff, que la verdad es más veloz que los acontecimientos. Comienzo a formar las palabras de Yermak en una hilera y sus ojos me ayudan a creer que sigo aquí. Pone sus manos sobre mis hombros. Me abraza. Es mi hermano, es mi *druk*. Luego de millones de años, siglos de reajuste interior, debajo del atardecer extrañamente callado del Distrito Federal, Yermak me explica que:

—Muzh no me dejaba dormir. Ladraba mucho, rascaba la puerta de la entrada como si hubiera algo del otro lado. La entreabrí para asomarme y empujó con todas sus fuerzas; salió corriendo por la avenida. Lo seguí, casi perdiéndolo de vista, no me hacía caso, tan bien entrenado y me ignoraba, parecía no escuchar mi voz, corrió sin detenerse, cuadra tras cuadra, hasta entrar detrás del camión que estaba estacionado ahí. Oí ladridos y gruñidos, escuché dos disparos. Llegué cuando el camión ya se iba y mi Muzh estaba en el suelo, sin moverse. Y ahí estabas tú y... Orloff...

Ay, mi niña

—No te vayas, Matis, necesito mostrarte algo —Daniel Bruno abrió el sobre y fue echando las fotografías a los pies de la mujer.

Martha miró las fotos y, sonriente, le dijo a su marido:

—Lo único que esto comprueba es lo que te acabo de decir. Gracias por evitarme ser más explícita.

—Con estas evidencias, tan gráficas, te puedo llevar a la ruina.

—¿Qué, esta casa no es la ruina?

—Tengo dos caminos, Martha, vivir o morir. El segundo es el más fácil… Pero a los dos te vienes conmigo.

—Me das más asco que miedo —Martha salió de la biblioteca dirigiéndose hacia arriba.

Su gran problema no era el marido mostrándole sus intimidades con Iván ni su posesividad invencible. Su gran problema era que Iván ya no le contestaba los mensajes. Su enorme problema era estar viva pero sin él. Sin el sabor de sus labios. Sin su forma de encenderle la voz. No la preocupaba que Daniel la acusara y la acosara, la amenazara o la amenizara. Esa era la vieja rutina con todo y su final. Martha necesitaba una nueva retina, con todo y su principio.

Empezó a llover. Adentro. Sobre Martha. Sobre la ausencia de Iván. Entre los brazos mojados de Cuca.

Cargar a nuestros molosos enormes, subirlos al auto. Arrastrarlos de las patas hacia el patio. Elegir el sito sobre el césped y ahí clavar las palas.

La escritora más vendida de México yace débil y extremadamente delgada. Su nana la acaricia.

—Ay, mi niña.

Diluvia dentro de la enorme casa de mármol.

Riachuelos de Gzhelka se llevan la muerte de dos grandes ovcharkas.

—¿Daniel Bruno?

—Sí. Quisiera matarlo…

La tierra está dura como la noche; las palas rebanan entre piedras, raíces y lodo denso.

Los recuerdos pasan sobre el mármol con los pies hundidos en el agua, arrastrando cajas que contienen pianos, violoncellos, tardes sin horas, nubes, alfombras voladoras, meseros cómplices, cardúmenes de palabras, risas fáciles clavadas en una pizarra, miradas amplias… Ay, mi niña, las cajas navegan creando pequeñas corrientes de agua a su paso; los corazones de papel flotan escalera abajo, se deslizan aplausos de las paredes, el rímel de la soledad escurre sin rostro.

Mi vida es un estómago vacío. No tengo nada adentro. Mis ojos ven pero ya no se alimentan. Bajan, los tendemos, caben sobre el lodo frío, Orloff primero y luego, con ternura, manchados de tierra hasta los párpados, cuidando de no lastimar su cuerpo muerto, acomodamos a Muzh junto a su hijo. Ni siquiera una montaña será capaz de cubrirlos. Yermak toma un terrón entre sus dedos, lo pulveriza y esparce sobre los perros, acuclillado, palabras en su lengua natal; no las entiendo pero mi voz emerge hacia la noche, entrecortada mi voz, empujada por las contracciones de mi abdomen, entrecortada la sombra, enjuagada la oscuridad con Gzhelka. Como si fuéramos un retablo oxidado en la pared, las estrellas no brillan ni la luna se cae. En lugar de sol, despunta la inexistencia. Tan fuertes son mis contracciones que los brazos de Yermak me contienen, en mi saliva palpo el nombre de Nadejda… pero a mis dedos no acude el pelaje de Orloff.

—Despierta. Te enculaste, tontita. Iván fue un sirviente más. Un Ferrari. Ya no lo necesitamos. ¿Qué te pasó?, lo teníamos clarísimo. ¿Te cuento mi plan, Martha?

Nuestra nueva cara

Las naturalezas muertas en las inmensas paredes blancas amanecieron podridas y las frutas ficticias en la sala de juntas se llenaron de moscas. Olía a muerto, por más que el correo electrónico del gerente general de Marmolejo, S.A. de C.V., comunicara lo opuesto, olía a muerto.

Querida familia:
Estamos pasando por una etapa de replanteamiento y reinvención. Todo marcha en orden. Somos una empresa en crecimiento. El empeño, la lealtad y el talento de todos y cada uno de ustedes es nuestra divisa. Pronto anunciaré nuestra nueva fase, nuestro nuevo rumbo, nuestra nueva cara.
"DUC IN ALTUM"
Daniel Bruno,
GERENTE GENERAL

Los empleados llevaban y traían papeles. Imprimían, leían. Aparentaban estar concentradísimos en asuntos cruciales ante las pantallas de sus computadoras. Engrapaban. Archivaban. Repetían la operación una y otra vez hasta que daban las cinco de la tarde. Sólo había un empleado de confianza en Marmolejo, S.A. de C.V.: el miedo. No era nuevo, de hecho el miedo fue el primer empleado y por lo mismo, disfrutaba de ciertos privilegios, tales como caminar entre los escritorios, pellizcar la punta de la lengua de algún oficinista y enmudecer a esa persona de un tijeretazo. Tales como vestirse de verga durante las juntas de los lunes y pasear ante los asalariados cuyos esfínteres se iban apretando *just in case*. Si don Daniel hablaba, todos asentían. Si reía, reían. Si levantaba las palmas, aplaudían. Estaban automáticamente de acuerdo. Si por alguna razón Martha y su marido estaban en desacuerdo, el miedo los arreaba de vuelta a sus cubículos. Los únicos que tenían sitio fijo en el estacionamiento, eran Martha, Daniel y el miedo. Pero hoy olía a muerto y hasta el mismo miedo tenía miedo.

Algo la detuvo a un paso del vacío. Algo volvió a encender las luces en sus párpados. Algo le devolvió el pulso a sus venas, el fuelleo a sus pulmones, algo se interpuso entre Martha y el silencio. Y ella volvió con los ojos abiertos pero clausurados. Con vida pero sin brillo. Con sus sentidos y sin sentido. Con el horizonte amplio pero sin camino. Con las alas intactas pero sin vuelo. Con el espacio a su disposición, pero sin un lugar. Con el tiempo en los relojes, pero sin momentos. Con la voz sin música. Con la piel sin baile. Con la sonrisa sin casa. Con el mar sin orillas. Con una enfermera al lado. Con una aguja en la vena.

Daniel le escribió un cheque. El doctor daba de alta a su paciente. Se encontraba fuera de peligro. Profundamente deprimida, pero para eso está la medicina moderna, señor Bruno, fue un susto muy serio, afortunadamente actuamos a tiempo; cualquier pregunta, cualquier malestar, a cualquier hora, no dude en llamarme y vendré en seguida.

—A ver, Matis, vámonos calmando para poder dialogar. No me mires así. Soy yo, Daniel: el hombre que te ama. Sí, el que te ama y acepta a pesar de lo ocurrido.

—Por favor déjame sola. Necesito dormir.

—Ya dormiste varios días —Daniel Bruno recorrió las cortinas de la habitación; la luz de la tarde cayó como cubetada de agua en el rostro abotagado y pálido de Martha Marmolejo. A lo lejos, proveniente desde la sala, se oyeron las campanadas del reloj de pie antiguo y se escuchó la enormidad del silencio encerrado entre las paredes de mármol y las alfombras persas durante varios segundos.

—Creo que ya nos lo dijimos todo, ¿no crees, Daniel?

—No… no te he podido compartir mi plan.

—Supongo que no me interesa en lo más mínimo.

—Como mi socia, debes saber lo que está pasando. Y ya estás restablecida como para que hablemos.

—¿De veras? ¿Y qué está pasando? ¿Me vas a demandar?

—¿Para qué?

—Para quedarte con la empresa, con la casa, con los derechos de mis libros…

—Podría hacerlo. Eres un desastre, nunca te fijas en lo que firmas, pero no voy a aprovecharme de ti. Ni de la memoria de tu padre.

—Así que eres genuinamente bondadoso.

—Como dijo Ludwig van Beethoven: "El único símbolo de superioridad que conozco es la bondad".

—¿Cuál es tu plan, Daniel…?

—Primero que nada, que nos perdonemos. Que admitamos que a los dos se nos fue el asunto de las manos.

—Te conozco demasiado bien… ve al grano, por favor.

—Mi plan es que NO nos separemos. Ni como pareja, ni como socios.

—¿Después de que me pusiste un detective? ¿Después de las fotos?

—Tuvimos una crisis y tocamos fondo. A mí me ganó la ambición y a ti… la curiosidad.

—Yo ya no estoy aquí, Daniel.

—Mientras siga vivo, lo estarás.

—No sabes perder.

—Lo que no sé es desistir.

—¿Entonces, según tú, cuál es el siguiente paso? Sabiendo que no te amo.

—Por el momento, te tomarás un año sabático. *Haz el Amor y no la Cama* sigue vendiéndose mucho, he pedido en la oficina que reediten algunas de las entrevistas de La Hora del Espejo y hay suficiente material para seguir al aire un par de meses.

—¿Un año sabático?

—Te urge. Estás quemada. Además, creo que tus lectores necesitan un *break*. Pero no te preocupes… seguirás escribiendo… sólo que sin el estrés de las fechas límite.

—¿Y de qué va a vivir la empresa sin mí?

—De Alma.

—¿Del alma…?

—No, de Alma

—¿Quién es Alma? ¿De qué estás hablando?

Querido insomnio:
por favor ya deja de contarme tu vida

Mi departamento se comía a sí mismo; se masticaba y se engullía una y otra vez, como un gusano de seda ingiriendo una hoja tras la otra. Mi cama me tragaba, el excusado me bebía, el lavabo me succionaba y desde mi ombligo volvía a brotar el tedio, salpicando el techo de silencio; las paredes, el suelo, los muebles, la ropa tirada, los trastes sin lavar, la puerta y las ventanas entraban por la boca voraz de mi domicilio, eran deglutidos, lentamente digeridos y emergían, o, mejor dicho, manaban desde mi zona cero estomacal convertida en fuente de tristeza reciclada… continuamente comprobando, en cada ciclo, que mi Orloff no estaba ahí.

Los sonidos de la calle caían como bolas de papel de baño mojado sobre la pared. La ciudad olía a huevo estrellado. Difícil estirar el brazo y no tocar el lomo de mi compañero. Difícil no abandonar mis palmas en su lengua. Sin la mirada de sus ojos, las distancias entre mesa y silla, calcetín y calzón, taza y billetera, computadora y audífonos, se desbalagaban. Sin mi gran pastor nada se unía con nada. Todo, desde mis botas, mi chamarra de gamuza, mis alpargatas de colores, mis bufandas, la pipa de la mota, las monedas, los recibos arrugados, el frasco de las aspirinas, la hebilla del cinturón, el silbido del carro de los camotes y plátanos, la carcajada lejana de una mujer borracha, el olor de mi desodorante, el cortaúñas, mis catalejos y mi barba de diez días, estaba expuesto a las fauces de la tediosa soledad.

Difícil no escuchar el ritmo de sus pasos, el clic clac de sus uñas sobre la madera, su respirar percutivo y hondo. No oírlo lengüetear el agua hacia su hocico. Era confuso abrir la puerta sólo para mí. Caminar en la calle sin el espacio de mi perro al lado. Pasar por el parque sin el asombro de los transeúntes. Sin responder preguntas acerca de su tamaño y raza. No vaciar media bolsa de croquetas en su plato. No acompañarlo a que revisara sus e-mails en los postes y arbustos. Encontrarme sus mechones de pelo bajo la cama. O al mover un sofá.

Nadie entró a mi departamento. No podía enfrentarme al hecho de que la presencia de alguien evidenciara la ausencia de Orloff. Por estúpido que parezca, temí que meter a una persona a mi casa fuera la prueba irrefutable de que mi perro ya no estaba. Y, francamente, apenas y tenía fuerzas para percibir mi pérdida, mas no para confirmarla.

A Yermak y a mí, la muerte de nuestros ovcharkas entrañables nos hermanó a profundidad. Poco a poco reajustamos el aspecto cotidiano de nuestra amistad. A pesar de, o quizás a raíz de la ausencia de Nadejda y de nuestros molosos, pasamos de víctimas a cómplices. Bebíamos, escuchábamos música, amanecíamos a media conversación. Yo tenía dinero de sobra como para mantenerme una año más sin trabajar. Sentíame, progresivamente, más y más ligero, respiraba de regreso a mí mismo, mudándome al Iván que es dueño de su tiempo, su temple, su verbo.

Orloff se quedó latente en aquello que reverdece, en la mirada que germina, en la mano que da, en la grandeza de los comienzos, en el flujo de la hermandad.

—Si no vas a escribir para ti, por favor escribe para mí —me pidió Yermak con una sinceridad irrefutable. Y entonces comencé a escribir la verdadera historia de Martha Marmolejo: porque quise y porque pude. A mi manera. Para mí. Sin los tachones de nadie. Sin dar mis frases en adopción. Sin alterar la tinta. Redactaba frenéticamente estas páginas para Orloff, para Yermak. Para Nadejda. Para Migdalia. Para Andrea. E inclusive, claro que sí, para Martha (por si algún día las lee). Pero, sobre todo, escribía, por primera vez, para mí, mi amado y recién recuperado yo. Ese yo que naufragó deshidratado hacia mi llanto y amablemente me salvó la vida.

Una mañana, muy temprano, alguien tocó a mi puerta. Al abrir me encontré con un paquete. Una caja relativamente grande, con envoltura de regalo, listón y moño. Nadie a la vista. Nadie al oído. La metí y la puse sobre la mesa de la cocina. Me preparé un café. Le di un par de sorbos. Abrí el cajón de los cuchillos. Saqué el más filoso. Corté el listón. Arranqué la envoltura con las manos. La caja no pesaba. Abrí las tapas y vi un sobre. En su interior había una nota. Metí una mano a la caja y sentí peluche. Jalé un muñeco hacia afuera. Era un perro. Del mismo color que mi perro. En su cuello colgaba una cadena con una placa y su nombre grabado: Orloff.

La nota decía:

Nunca me gustó no despedirme,
Daniel Bruno

Un plan con Alma

—Te cuento, Matis: Alma es, como lo dice su nombre, el espíritu fresco que estamos necesitando. Mi plan: muy sencillo; una cara nueva te reemplazará, se trata de una gran escritora juguetona, relevante, atractiva en todos los sentidos. La conocí en Buenos Aires. Y créemelo, va a ser un éxito total.

—¿Y qué ha escrito?

—Nada.

—Nada…

No, y no importa. Últimamente, a pesar del dolor y la confusión, aprendí lo valioso que puede ser un escritor fantasma.

—¿Yo voy a escribir para ella…?

—Por supuesto que no, Matis. Reitero lo que te dije: estás totalmente quemada. Y en más de un sentido, disculparás mi franqueza.

—¿Quién va a escribirle?

—Una mujer. Una gran escritora. La conoces muy bien. Hemos cenado en más de una ocasión con ella y su marido. ¿Te suenan *Todas mis Vidas Posibles, La Hora sin Diosas, Viento Amargo*?

—¿Ella? ¿Tú crees que se va a prestar a esto?

—Le vamos a pagar muy bien.

—Ella no necesita el dinero…

—*Believe me*, Matis, hasta los que no necesitan dinero, necesitan dinero. Además, le encantó el proyecto. Y le fascinó conocer a Alma. Hicieron clic,

¿qué tal? ¿Ahora sí ya estás despertando? ¿Le pido a Cuca que te prepare una sopita?

—No puedo creer las cosas de las que eres capaz.

—¿Te digo qué?, yo tampoco. Sabiendo todo lo que sé, con las fotos y demás, lo primero que me vino a la mente fue protegerte. Seré el hombre más iluso del mundo, pero te protejo, Matis. ¿Qué… tú ya no me quieres?

—….

—¿Te comió la lengua el ratón? No te preocupes. Vas a ganar mucho dinero. Vas a viajar cuando y adonde se te dé la gana, menos al pasado reciente: pues dudo que Ivancito te quiera ver.

—¿Qué le hiciste…?

—Yo, nada. Pero por ahí supe que se le acabó el perrito y seguramente va a asociarte con eso. A veces, cuando se acaba una cosa, se acaban dos. Así es la vida, Matis.

—Eres lo peor que existe, hijo de…

—Tu papá diría lo contrario. Y sé que en el fondo estarías de acuerdo. Sólo que andas medio apachurradilla. Es normal. Creo que con el tiempo hasta podrás escribir un libro de cómo se reconstruye una pareja después de la traición. Imagínate cuánta gente lo compraría… pero todo a su tiempo. Ahorita, mi astucia de hombre de marketing me indica que debes tomarte una pausa larga, salir del escenario y, cuando sea el momento, volver con la mirada en alto y la dignidad intacta. Volver con la frente marchita, las nieves del tiempo platearon mi sien…

—¿Crees que me voy a prestar a todo esto?

—Pues mira, Matis; creo que entre quemarte en un fogonazo farandulero del que no te repondrías, te lo aseguro, pues además hay que admitir que los años ya empiezan a pesarte, y retirarte, aprovechando que tu último libro es un éxito, no tienes mucho de dónde elegir.

—¡¿Qué tiene que ver mi edad con lo que escribo?!

—Tranquila, Matis, en Marmolejo, S.A. de C.V., tiene mucho que ver una cosa con la otra. Te recuerdo que tus últimos libros los escribió un chico de treintaidós años... pero, penosamente, no supiste disfrutar el triunfo. Te fuiste por el camino de la derrota y aquí estamos: tú metida en la cama, con una depresión larga de analizar, medicar y superar y yo al timón de la empresa, esquivando el iceberg.

—De verdad te odio.

—Ah, y para tu tranquilidad, no pienso pedirte momentos íntimos, no creo que estemos como para eso. El sabático no incluye a mi cuerpo, *sorry*.

—Qué náuseas me provocas... me das lástima...

—Ya verás que se te pasa, mi amor. Por cierto, necesito que conozcas a Alma antes de que la presentemos en las oficinas. Y, para que veas que como socia te tomo en cuenta y te doy tu lugar, vendrás a la presentación. Mientras más asertiva sea nuestra actitud, más pronto se disiparán las moscas que flotan en el ambiente, ¿de acuerdo, cariño? Bueno, a levantarse. Como dicen los ingleses: *chop, chop!*

No tienes en qué caerte vivo

—Yo te esperaré en el área de recepción. Si no sales después de una hora, entro a buscarte.

—No tardaré más de quince minutos.

—Idealmente, necesitarías sólo unos segundos.

—Sí… Siento tan extraño estar aquí sin Orloff.

—¿Y si ves a Martha?

—Le exigiré que me devuelva mis besos.

—Cuidado, Iván…

—Si la veo, la veo. No pasa nada.

—Aquí estaré, *druk.*

Iván y Yermak entraron al área de recepción de Marmolejo, S.A. de C.V. El ruso tomó asiento mientras Iván habló con la recepcionista.

—Hola…

—Iván, qué sorpresa… ¿qué se te ofrece?

—Hablar dos minutos con Daniel Bruno.

—Permíteme.

La recepcionista pulsó una tecla en el teléfono. Una guanábana gigantesca, pintada en óleo, colgaba de la pared.

—¿Es nuevo el cuadro? —preguntó Iván.

—Sí, acaban de colgar varios más.

—¿Te gusta?

—Me da igual.

Un hombre alto, fuerte y bien vestido entró a la recepción y se dirigió hacia Iván:

—¿En qué puedo servirlo?

—Por el momento no se me ocurre nada.

—¿Qué busca aquí? Tengo órdenes de que no entre.

—Vengo a darle las gracias a Daniel Bruno.

—Yo le daré su mensaje.

En ese momento, en el minúsculo dispositivo dentro de su oído, el hombre escuchó la voz de Daniel, elevó su muñeca y habló hacia su mancuernilla:

—Sí señor, claro que sí —entonces le ordenó a Iván: —Sígame.

Yermak y el hombre alto intercambiaron una mirada de las que sólo los guardias, gendarmes y verdugos tienen el derecho y la osadía de intercambiar.

Efectivamente, un mayor número de cuadros de frutas gigantescas colgaba de las paredes. El hombre alto condujo a Iván a la oficina del gerente general. Los empleados que vieron al escritor fantasma fingieron no haberlo visto. Daniel firmaba documentos, ante su gran escritorio.

—Aquí lo tiene, señor.

—Gracias, puedes retirarte. Toma asiento, Iván —dijo Daniel mientras añadía, a puño y letra, un comentario en un documento.

—Estaré observando en los monitores, por si algo se le llega a ofrecer, señor.

—No te preocupes. Te llamaré si es necesario.

Al cerrarse la puerta quedaron solos, frente a frente, Iván y Daniel Bruno.

—¿Es un empleado nuevo?

—Viene incluido con el sistema de cámaras de seguridad que mis abogados me recomendaron. Es más protocolo que nada, para cubrir cualquier eventualidad.

—Nada como poder ver las cosas —dijo Iván mirando las pupilas de Daniel.

—Así es… y bueno, ¿a qué debo esta sorpresa?

—A mí tampoco me gusta no despedirme.

—Totalmente de acuerdo… Qué, ¿necesitas una carta de recomendación? Con gusto la redacto ahora mismo.

—Vengo a agradecerte el regalo.

—Ah, el perrito. ¿Se parecen, verdad?

—No. El mío era irremplazable.

—Sí, hay cosas que no se pueden reponer… supe lo de tu perro, lo siento mucho.

—¿De veras lo sientes?

—Era bueno, se portaba bien, hasta salió en la tele, cómo no lo voy a sentir, Iván.

—Yo también siento mucho lo de Martha, me enteré de que la hospitalizaron.

—Hombre, gracias; Matis ya está mejor. Lo bueno es que no la perdí.

—Es curioso, Daniel, yo perdí a Orloff porque lo tuve, tú no perdiste a Martha no por el hecho de que siga aquí en el mundo, sino porque presiento que nunca la tuviste. No sé, es una corazonada.

—Ay, Ivancito… ¿qué vas a hacer después de esto? Hablando de corazonadas, a mí me late que muy pronto no vas a tener en qué caerte muerto.

—Y a mí algo me dice que tú no tienes en qué caerte vivo.

—Míralo, no eres tan tonto como pareces.

—En cambio, tú sí.

—Se te da la habilidad para las frases. Pero sin el perrito como que no eres el mismo.

—¿Y tú quién eres?

—Yo vendo comprensión, compasión, a la gente le gusta que entiendan sus dudas, sus temores, sus sentimientos. Te lo digo con toda franqueza, me conmueve que hayas perdido a tu perro, porque… ya no eres el Iván que todo lo podía, ¿o sí?

—¿Sabes qué me conmueve a mí…?

—¿Qué será?

—El color de tu cabello.

—¿Eso te conmueve?

—También me conmueve el estado de Martha. ¿Cómo sigue?

—Reposando. El agotamiento estuvo a punto de matarla. Después de todo, ella es un ser humano.

—¿Después de qué, exactamente?

—Del daño que le hiciste —respondió sonriendo el empresario.

—¿Antes del daño no era un ser humano?

—Insisto, te hace falta el perro… estás perdiendo la chispa —señaló Daniel.

—¿Y tú qué has ganado?

—Millones. Y los seguiré ganando.

—Me uno a tu pena, Daniel.

—A mí no se me murió nadie…

—Me refiero a la pena de no haber estado presente.

El millonario mostró destellos de crueldad en la mirada:

—Aquí la única ausencia es la de tu perrito…

—Y la de tus ojos, Daniel… hay tantas maravillas que no vieron. ¿Te las cuento?

—Tus apreciaciones me tienen sin cuidado.

—¿Sabes que tus ojos nunca a vieron a Martha?

—Mis ojos, idiota, la vieron nacer... la vieron crecer, florecer, triunfar...

—Pero no la vieron llegar.

El rostro del empresario enrojecía. Estaba a punto de pulsar el botón para el agente de seguridad:

—La vieron ir y venir conmigo a mil rincones del mundo que ni siquiera te imaginas... te falta mucho para decir algo que me sorprenda —Iván se le acercó y le dijo:

—Nunca la viste arribar a su cuerpo. Estrenarse. No estuviste ahí cuando aprendió a contener océanos de luz en su piel. Ni oíste sus chillidos de placer.

—¡Vete al carajo! —gritó el viejo con el rostro congestionado.

Tus ojos nunca vieron a Martha hacerse poema... A esa pena me uno.

El empresario comenzó a toser.

—¿Te está faltando el aire o me están sobrando las frases?

Daniel Bruno se levantó, molesto, e Iván remató:

—No se puede huir de las palabras, ¿o sí, Daniel? Qué, ¿vas a llamar a tu golpeador?

—¡Lárgate! —le ordenó Daniel con los ojos rebosantes de odio—, ¡tienes mucha suerte de estar vivo!

—Qué pena no poder decir lo mismo de ti.

Patitas inquietas

La sala de juntas estaba palpitante al cien por ciento de asalariados. Alrededor de la mesa, en sus sillas, sentábanse los empleados de mayor rango. Lo demás (que en realidad eran los demás pero carentes de individualidad) permanecía de pie. Al entrar el gerente general, las moscas en el frutero falso levantaron juntas el vuelo, ondulantes como un manto negro; sin embargo, nadie las veía, ni la mujer joven, alta, delgada y hermosa de la que entró acompañado… ni Martha con sus lentes oscuros. El miedo bajó la mirada. Daniel habló:

—Buenos días. Gracias por su puntual asistencia. Hoy es un día muy especial para nuestra empresa.

Las moscas volvieron a su sitio, asentándose con sus patitas inquietas sobre las uvas, los plátanos, mangos y manzanas de plástico dentro del frutero.

—Hoy comenzamos —continuó Daniel Bruno— una nueva etapa en Marmolejo, S.A. de C.V. Claramente, el enorme talento, los grandes y constantes esfuerzos de mi esposa, mi socia y cómplice, unidos al trabajo incesante y a la productividad inteligente de ustedes, han construido a esta empresa. Y hoy, la inteligencia, el sentido común y la visión nos anuncian un cambio.

Las miradas, cuidadosas de no ser muy obvias, muy mironas, muy estorbosas, enfocaban a Alma, vestida de blanco, con falda corta, sus piernas largas y hermosas, estéticamente musculares, tacones blancos; el cabello dorado era un chongo detenido por lo que parecían ser pétalos albos; la porteña sabía tener porte, semejaba una primera dama, ideal, perfecta, con la mirada intensa y la sonrisa cálida y al mismo tiempo elegante. La seguridad en sus ojos acentuaba las palabras de Daniel Bruno con exactitud:

—Cambiar es vital, emocionante y, por qué no, hermoso. Tengo el gusto de presentarles a nuestra nueva gran escritora, al nuevo rostro de nuestra empresa: Alma Ragazzi.

El aplauso hubiera sido el apropiado si Martha Marmolejo se hubiese unido a él. Daniel aparentó no darse cuenta. Martha permanecía de pie al lado de Alma, con la mirada cubierta y el gesto, por así decirlo, en neutral. Entonces, sin darle importancia a lo que no contribuía a generar entusiasmo, el gerente dijo:

—Alma, háblanos de ti, por favor.

—Gracias, Daniel. Bueno, antes que nada, quiero agradecerle a Martha y a Daniel la oportunidad que me han dado. Soy una gran admiradora de *Haz el Amor y no la Cama*, me pareció una obra genial y no tengo palabras para expresar lo que significa para mí como escritora, aún no reconocida, pertenecer a esta nueva etapa de la empresa y comprometerme, porque quiero aclararles que lo mío es un compromiso con ustedes, a que mis próximos libros dupliquen, o inclusive tripliquen, los éxitos editoriales y televisivos de la compañía.

A pesar de que durante los últimos meses Daniel se había envejecido y encorvado, hoy lucía radiante, lleno de vida, de virilidad, de seguridad en sí mismo, altivo, soberbio, como si a una pasa la hubieran rehidratado y nuevamente fuera uva. El dueño miraba a Alma, su nuevo proyecto, con un aire de orgullo y de confianza. No cabía duda de que la porteña sabía representar a la perfección sus papeles: como colegiala, como niñera y, ahora, como escritora motivacional. El plan era una genialidad.

Pero detrás de la oscuridad de los lentes en el rostro de Martha, se detenía el tráfico: las palabras sinceras, las lágrimas, la libertad, le daban paso a un largo tren de pensamientos. La introspección característica de quienes acuden al anuncio de su retiro embebía a la escritora más leída de México. Una venganza es la que toma posesión. Un Daniel Bruno que me cobra lo bailado con baile. Ahora tendré que acudir a las coronaciones de su bailarina, celebrar las peripecias literarias de una puta que ni escribe, una mujerzuela de tercera que nada más da el gatazo; Daniel sabe fabricar estrellas, no cabe duda. Pero por encima de su talento, el miserable sabe cobrar. Y le estoy pagando. Por lo menos yo escribí mis libros, excepto los dos últimos, por lo menos yo nací de mi propio discurso. Pero las cosas ya están hechas. ¿De qué me arrepiento? De nada. Jugué a jugar con Iván y el amor me hizo una jugada. Me sedujeron sus palabras, su picardía, su valemadrismo, su ternura, el amor a su perro, su no vengo a ver si puedo sino porque puedo vengo. La facilidad con la que me llenó de vida. La sencillez con la que me acercó la luna. Y sí, Daniel y yo lo exprimimos al máximo, le dolía que sus textos inspirados no fueran de él. Iván tampoco supo jugar el juego: dinero y sexo a cambio de palabras. Entre el sexo y las palabras, Iván perdió la cabeza y ahora también está pagando, y de qué forma. ¡Cuánto lo siento, hermoso!

Nada es gratis. Ni las sonrisas, ni los aplausos, ni la fama y el poder. Esta porteñita se va a dar cuenta de eso. Daniel te cobra con cuerpo pero va a acabar cobrándote hasta el alma, ya lo verás, piba. Me indigna que después de tanto entregarme, deba cederle la corona a una meretriz. La generosidad de Daniel… No se la creo, pero no importa. Juego a que se la creo. Así como he jugado toda la vida a que le creo tantas cosas, como sus besos, su sexualidad grotesca, aburrida, egoísta y vulgar, e incluso, como señalaría Iván, el color de su cabello. Aunque nunca se sabe. Por el momento no puedo escribir. Ni siquiera pensar en ello. Cada vez que despierto, siento que acudo a mi ausencia.

Estallan los aplausos y los empleados, mis asistentes, no me miran como antes. No pueden esconder la lástima, la vergüenza, la incomodidad de que todos aquí sabemos exactamente lo que ocurrió pero jugamos a que nadie supo nada. En esta empresa la misión es fingir.

—Y para terminar —dijo Alma—, quiero decirles que, para mí, no somos una empresa, somos una compañía, y lo digo en el sentido del compañerismo. Nos acompañaremos en la conquista, con mis libros, mi imagen y nuestro trabajo. Ya Daniel y Martha leyeron mi primer manuscrito y han apostado por mí, gracias a la calidad de lo que escribo.

Finjo que sonrío. Daniel y yo abrazamos a Alma, la tomo entre mis brazos como si de verdad la estuviera tomando. No puedo mostrar mis ojos porque ellos no pueden mostrar lo que estoy fingiendo,

sin embargo, el paso que doy hacia Alma y la manera en la que mis brazos se extienden, la forma en
la que ambas unimos nuestros torsos y ponemos las
palmas en nuestras espaldas, bañadas en los aplausos
que pretenden ser genuinos, aparenta ser feliz, inau-
gural y de buen augurio. No estoy ciega, aunque tenga puestos mis lentes oscuros cubriendo media cara,
puedo ver las cosas tal y como se ven: yo, una vieja,
exguapa, excarismática, eximponente, explícita en la
explosión existencial que tuvieron que tapar los del
departamento de relaciones públicas, los depósitos
de Daniel en las cuentas bancarias de más de un periodista y la azucarada falsedad con la que se lleva a
cabo esta junta, y ella: una bocanada de aire fresco,
una joven veinte veces más atractiva que yo, más alta,
más alargada, más fotogénica, más diplomática, más
encomiable, encamable, enculable (ya estoy pensando como Iván); un final forzado, apagado, opacado
por mí misma, por creer, por un momento, que había encontrado un hombre nuevo, un hombre mío.
Lo tengo claro: cometí un suicidio artístico, o, mejor
dicho, comercial. Pero también sé que vienen tiempos prósperos para la empresa. Me retiro sin pompa
y circunstancia, sin un discurso que exprese el valor
de mis años, me retiro con las palmas unidas, no para
mí que termino, sino para otra que empieza. Supongo
que esto es cosechar lo que sembré.

    ¿Qué me espera? No sé, y creo que no me im-
porta. Entre viajes, lujos, platillos exquisitos, peregri-
najes internos y externos, sin el peso de Daniel sobre
mi cuerpo, sin la poesía de Iván sobre mi piel, aprenderé a mirar lo que hay detrás, debajo y encima del
plástico. Aprenderé, si tengo suerte, a disfrutar que

salga el sol y a temer cuando la oscuridad se vaya haciendo densa. Lo único que tengo es la mirada. Mis ojos escondidos tras la capa polarizada de fina marca, mis pupilas que hacen un giro completo hacia dentro de mí. Afuera, en esta celebración, entre el sonido de las botellas de champaña que se descorchan festejando a la nueva escritora, afuera en las calles, en mi casa, el cielo, en los rostros y los confines de cada sonrisa, cada gesto, cada Daniel Bruno, cada Alma Ragazzi, en cada muro y cada ventana, ya vi lo que tenía que ver. Haré los movimientos que pidan las eventualidades, estaré presente a manera de nombre, firma y empresa, pero no hablaré más. Si acaso, recitaré las líneas que me indiquen nuestros publirrelacionistas. De ahora en adelante, todo será un guión. Una farsa mejor organizada. Alma, la protagonista; yo, el negociado silencio tras bambalinas. Mis cuentas bancarias se ensancharán como los ríos durante la lluvia mientras, en mis venas, poco a poco se diluye el deseo de haber sido otra.

Martha ve a un viejo con el pelo pintado, el ímpetu fortalecido, las uñas manicuradas y, eventualmente y sin advertirlo, le devuelve la sonrisa; sabe que con él nunca tuvo nada, pero también sabe que con él lo tiene todo.

Acepto cada párrafo de mi historia

—¿Por qué no lo abofeteaste? Se hubiera quedado pasmado.

—Una bofetada bien dicha duele más que un golpe.

—¿No te hubiera gustado matarlo, Iván?

—No lo sé. Me hubiera aburrido.

Yermak e Iván entraron al auto y salieron del estacionamiento de Marmolejo, S.A. de C.V., Iván sintió, al ver la calle a la que fue tantas veces y al irse alejando de la empresa, que una época acababa de concluir. Respiró profundo y le regresó de golpe, en toda su plenitud, su Ivanidad intacta.

—Imagínate que yo tuviera otros ovcharkas y lo raptáramos. Lo hubiéramos echado al patio de mi casa, con las paredes enormes y sin ventanas que lo rodean, nadie se habría enterado. Botella de Gzhelka y a ver el circo romano. ¡Qué goce! Yo sí lo mataría, a nombre de Muzh. *Súkin syn!*

—¿Alguna vez viste a unos ovcharkas matar a alguien?

—En la cárcel. Un tipo quiso trepar la barda y lo alcanzaron por los tobillos. Lo mataron entre cuatro. Fue rápido. Yo me hubiera asegurado de que a Daniel Bruno lo mataran despacio: morderlo y retirarse, una y otra vez.

—Matar a un muerto es un pleonasmo, amigo. ¿Te digo algo?, a partir de este momento me declaro ajeno a la tristeza, a la rabia que da vueltas sin parar, sin sentido y sin solución: se acabó.

—De acuerdo, *druk* —asintió Yermak.

—¿Sabes de qué tengo ganas?

—Mmm. Creo que lo sospecho…

—¿Ah, sí?

—Estás loco. Pero igual te puedo acompañar.

—Te invito el viaje.

—Acepto.

—Estamos hablando de lo mismo, ¿no es así, Yermak?

—Así es. ¿Vas a poder recibir lo que se te presente?

—Estoy listo para ver o no ver, para hallar o no hallar, para recibir o para despedir lo que se me ponga enfrente, amigo. ¿A ti no te dan nervios?

—Ya te lo he dicho, mi querido Iván, siempre y cuando haya vodka, cerveza o tequila al alcance, acepto cada párrafo de mi historia.

It's so fine, it's sunshine

Un muelle construido con piedras, manos y grandeza. El puerto donde, a principios del siglo diecinueve, llegaba y partía el cuarenta por ciento de la mercancía de todo el mundo, el desembarcadero donde, en los años cincuenta del siglo pasado, provenientes de la tierra del blues, bajaban los marineros cargando los discos de Elvis, Chuck Berry, los Crickets, Fats Domino, Carl Perkins y tantos más que los adolescentes locales disecaban, absorbían, traducían y regurgitaban en sus guitarras, bajos y baterías, dándole forma a lo que comenzó como el Mersey Sound y culminó como el Cuarteto de Liverpool.

Yermak y yo disfrutábamos y compartíamos dos platillos típicos en un bar pequeño, histórico y folclórico, el Grapes Pub en Mathew Street: pescado frito y papas fritas y salchichas de cerdo con puré de papa, acompañados de dos pintas de Brakspear Oxford Gold.

—En media hora nos embarcamos. ¿Estás nervioso?

—Afortunadamente, sí —le contesté a mi buen amigo. Yermak y yo compartíamos más que la comida, la conversación, los recuerdos y el porvenir: compartíamos aquello que los animales se dicen con una mirada, un movimiento, un olfateo: el instinto y, además, el instante. Nuestra hermandad era un continuo aquí y ahora. Nada importaba que yo tuviera treintaidós y él más del doble. Teníamos más de Muzh y Orloff que de ruso viejo y mexicano joven. No necesitábamos completar las frases ni verbalizar lo que ocurría. Si hablábamos, era por el placer de intercambiar vivencias, de saborear nostalgias, de quebrarle los huesos a la vida y succionarle el tuétano dulce, pastoso y esencial. Nuestro territorio era el momento redondo, amplio e ilimitado y nuestros enemigos, el miedo, la quietud, la duda. Éramos pastores, ovcharkas de nuestra sombra, nuestra luz, nuestra sed, nuestra búsqueda, nuestro rumbo, del viento, de la luna y del sol.

Abordamos el Mersey River Cruise, un barco mediano, sobrio y al mismo tiempo cálido. Nos ubicamos en la popa, bañados por el viento fresco y salado. Dos meseras sonrientes y hermosas pasaban ofreciendo copas de champaña. La arquitectura de la ciudad de Liverpool se levantaba enigmática ante mis ojos: el edificio Royal Liver, con el gran reloj en lo alto de su torre y las edificaciones a sus lados, semejaban la silueta de los edificios neoyorquinos. Pensar que de aquí mismo eran los ingenieros principales, parte de la tripulación y los músicos que abordaron el fatídico viaje del Titanic y pensar, sobre todo, que en cualquier momento mis ojos encontrarían lo que buscaban.

Luego de una absurda y graciosa explicación de cómo ponernos los salvavidas en caso de emergencia y del ceremonioso saludo de bienvenida en altavoz del capitán McKenzie, Yermak y yo caminamos hacia el interior.

Había turistas hablando en alemán, francés, mandarín e italiano. Un mexicano se nos acercó, intrigado, al oírnos conversar en su idioma.

—Mucho gusto, caballeros, me llamo Gustavo Farías.

Me pareció el típico vendedor de tiempos compartidos en condominios playeros, tenía sonrisa de ya llegaron al paraíso, nomás firmen aquí.

—Hola, soy Yermak.

—Iván.

Estrechó nuestras manos con entusiasmo.

—Estoy promoviendo un licor de papaya y acabo de cerrar un trato buenísimo con los ingleses. ¿Ustedes han probado el licor de papaya?

No me fallan las corazonadas, pero admito que me hizo gracia la naturaleza de su negocio. Se veía genuinamente contento, con ganas de celebrar, y qué mejor que hacerlo en su lengua natal. Pero algo se traía.

—Les voy a invitar una botella. Ahorita regreso.

Yermak y yo nos miramos con ojos de seguro nos va a querer vender una caja. Al fondo del salón interior había un piano, una pista de baile, una bola colgante cubierta con minúsculos trozos de espejo para las fiestas nocturnas y, frente a mí, una puerta de cristal a través del cual se veía la popa; afuera, a la gente le volaba el cabello, a un anciano se le fue la boina y, más atrás, un estruendo de gaviotas se disipaba hacia el aire, azuzadas por las manos de una mesera a la que intentaban robarle la comida de una charola; mis ojos y los de ella se encontraron: qué grande es el mar cuando se lo vuelve a ver por primera vez, era Nadejda.

Yermak puso su mano sobre mi hombro. Ella se quedó quieta, mirándome, mirándonos. Le pasó su charola a otra mesera. Caminó hacia el interior. El ruso y yo respiramos hondo. Estaba perfectamente hermosa, con la mirada tímida; el tiempo y el espacio titubearon entre sus párpados: su silencio lucía en todo su esplendor, adquiriendo su verdadero peso y comprobando que no hay olvido que lo soporte.

Nadejda miró, en nosotros, a dos almas gemelas y nos abrazó. Las lágrimas saben abrir la vida y los tres, abrazados, entramos al mismo tiempo. Mis palabras no tenían nada que perder, y a la mujer más hermosa del mundo le dije:

—Jamás quiero volver a estar adonde no estés tú.

Este Iván ante Nadejda era tan nuevo como el Yermak de las francesas en Zipolite y moría de ganas por estrenarse. No soy de los que saben quedarse pero por primera vez en vida sentí que no querría irme nunca. El mexicano se nos unió con su botella de licor de papaya y cuatro copas vacías. Saludó a Nadejda. Nos pasó las copas y sirvió su bebida. Alguien abrió la puerta de la popa y entró una ráfaga de viento; mis dedos sintieron pasar, inequívoco, el abundante pelo de Orloff.

Bebimos, brindamos, intercambiamos impresiones, anécdotas, tristezas, pérdidas, ganancias, liberaciones, y reímos. Con cuántas ganas reímos. El licor de papaya era un éxito. Nadejda sabía hacer tatuajes en la piel del tiempo; en nuestras pupilas hay, y siempre habrá, manos que se entrelazan, acarician y conducen. De pronto mi amigo, mi *druk*, viendo lo que bullía en mis pupilas y en las de su *doch*, levantó su vaso diciendo:

—*Liubov.*

Una vez más, la palabra dicha en ruso me pegó tan rápido que no me pude proteger. Y entonces, el empresario papayero Gustavo Farías, con sonrisa pícara y paso de quien se dispone a revelar su truco, se dirigió hacia el piano y, sin pedir permiso, tomó asiento y empezó a tocar un ritmo funky, poderoso, impecable, elocuente, no sé si eran las papayas alcoholizadas y si yo ya era palmera, pero el mexicano le daba diez y las malas a Elton John, a Leon Russell, a Billy Preston, a Billy Joel y, con la desenvoltura, la desfachatez y la vanidad de una diva en pleno dominio de sus facultades, cantando como si fuera un negro en un trance de gospel, improvisó una versión magistral de un tema de los cuatro hijos del puerto. Los pasajeros se fueron acercando, lo rodearon; todos se unieron al canto jubiloso... algunas parejas se soltaron a bailar. Nadejda y Yermak se abrazaban, libres del pasado. Y yo, aunque soy desafinado, uní mi voz a la de mi poseído compatriota:

Say the word and you'll be free
Say the word and be like me
Say the word I'm thinking of
Have you heard, the word is love
It's so fine, it's sunshine
It's the word
Love

AGRADECIMIENTOS, por orden de estatura

Al gran Ramón Córdoba por su visión, complicidad y colmillo. A Patricia Plaza por sus acertadísimos consejos. A mi bellísima Mercedes Orozco por escucharme, animarme y leer los párrafos conforme iban saliendo del horno. A la Bacha Mágica y Contagiosa por leer y criticar la primera versión. A Marcela González por creer en mi tinta. A Laura, mi primera lectora, por haberme dado la vida y enseñarme a vivirla con ganas.

Alfaguara es un sello editorial del Grupo Santillana

www.alfaguara.com.mx

Argentina
www.alfaguara.com/ar
Av. Leandro N. Alem, 720
C 1001 AAP Buenos Aires
Tel. (54 11) 41 19 50 00
Fax (54 11) 41 19 50 21

Bolivia
www.alfaguara.com/bo
Calacoto, calle 13 n° 8078
La Paz
Tel. (591 2) 279 22 78
Fax (591 2) 277 10 56

Chile
www.alfaguara.com/cl
Dr. Aníbal Ariztía, 1444
Providencia
Santiago de Chile
Tel. (56 2) 384 30 00
Fax (56 2) 384 30 60

Colombia
www.alfaguara.com/co
Calle 80, n° 9 – 69
Bogotá
Tel. y fax (57 1) 639 60 00

Costa Rica
www.alfaguara.com/cas
La Uruca
Del Edificio de Aviación Civil 200 metros
   Oeste
San José de Costa Rica
Tel. (506) 22 20 42 42 y 25 20 05 05
Fax (506) 22 20 13 20

Ecuador
www.alfaguara.com/ec
Avda. Eloy Alfaro, N 33-347 y Avda. 6 de
   Diciembre
Quito
Tel. (593 2) 244 66 56
Fax (593 2) 244 87 91

El Salvador
www.alfaguara.com/can
Siemens, 51
Zona Industrial Santa Elena
Antiguo Cuscatlán – La Libertad
Tel. (503) 2 505 89 y 2 289 89 20
Fax (503) 2 278 60 66

España
www.alfaguara.com/es
Torrelaguna, 60
28043 Madrid
Tel. (34 91) 744 90 60
Fax (34 91) 744 92 24

Estados Unidos
www.alfaguara.com/us
2023 N.W. 84th Avenue
Miami, FL 33122
Tel. (1 305) 591 95 22 y 591 22 32
Fax (1 305) 591 91 45

Guatemala
www.alfaguara.com/can
7ª Avda. 11-11
Zona n° 9
Guatemala CA
Tel. (502) 24 29 43 00
Fax (502) 24 29 43 03

Honduras
www.alfaguara.com/can
Colonia Tepeyac Contigua a Banco Cuscatlán
Frente Iglesia Adventista del Séptimo Día,
   Casa 1626
Boulevard Juan Pablo Segundo
Tegucigalpa, M. D. C.
Tel. (504) 239 98 84

México
www.alfaguara.com/mx
Av. Río Mixcoac 274,
Colonia Acacias
03240, México, D.F.
Tel. (52 5) 554 20 75 30
Fax (52 5) 556 01 10 67

Panamá
www.alfaguara.com/cas
Vía Transísmica, Urb. Industrial Orillac,
Calle segunda, local 9
Ciudad de Panamá
Tel. (507) 261 29 95

Paraguay
www.alfaguara.com/py
Avda. Venezuela, 276,
entre Mariscal López y España
Asunción
Tel./fax (595 21) 213 294 y 214 983

Perú
www.alfaguara.com/pe
Avda. Primavera 2160
Santiago de Surco
Lima 33
Tel. (51 1) 313 40 00
Fax (51 1) 313 40 01

Puerto Rico
www.alfaguara.com/mx
Avda. Roosevelt, 1506
Guaynabo 00968
Tel. (1 787) 781 98 00
Fax (1 787) 783 12 62

República Dominicana
www.alfaguara.com/do
Juan Sánchez Ramírez, 9
Gazcue
Santo Domingo R.D.
Tel. (1809) 682 13 82
Fax (1809) 689 10 22

Uruguay
www.alfaguara.com/uy
Juan Manuel Blanes 1132
11200 Montevideo
Tel. (598 2) 410 73 42
Fax (598 2) 410 86 83

Venezuela
www.alfaguara.com/ve
Avda. Rómulo Gallegos
Edificio Zulia, 1°
Boleita Norte
Caracas
Tel. (58 212) 235 30 33
Fax (58 212) 239 10 51

Esta obra se terminó de imprimir en Febrero de 2013
en los talleres de Programas Educativos S.A. de C.V.
Calz. de Chabacano No. 65-A, Col. Asturias,
C.P. 06850, México, D.F.